浅草鬼嫁日記　九

あやかし夫婦は地獄の果てで君を待つ。

友麻　碧

富士見L文庫

目次

浅草鬼嫁日記 登場人物紹介

あやかしの前世を持つ者たち

前世
鵺《ぬえ》

夜鳥《やとり》(継見《つぐみ》)由理彦《ゆりひこ》

真紀たちの同級生。人に化けて生きてきたあやかし「鵺」の記憶を持つ。現在は叶と共に生活している

前世
茨木童子《いばらきどうじ》

茨木真紀《いばらきまき》

かつて鬼の姫「茨木童子」だった女子高生。人間に退治された前世の経験から、今世こそ幸せになりたい

前世
酒呑童子《しゅてんどうじ》

天酒馨《あまさけかおる》

真紀の幼馴染みで、同級生の男子高校生。前世で茨木童子の「夫」だった「酒呑童子」の記憶を持つ

前世からの眷属たち

《酒呑童子 四大幹部》

熊童子《くまどうじ》

虎童子《とらどうじ》

いくしま童子《どうじ》

ミクズ

《茨木童子 四眷属》

深影《みかげ》

水連《すいれん》

木羅々《きらら》

凛音《りんね》

周辺人物

おもち

津場木茜《つばきあかね》

前世
安倍晴明《あべのせいめい》

叶冬夜《かのうとうや》

延々と、彼岸の花が咲いている。

まるでそれは、鮮血のよう。

見渡す限りの赤の真ん中で、私は自分が何者であったのかを忘れかけていた。

生者なのか、亡者なのか。

人なのか、そうでないのか。

鬼だったような気もするけれど、やっぱり人だったような……

「あ、そうだ。私の名前は真紀《まき》……茨木真紀《いばらきまき》だ」

人間で、女子高校生で、日本の浅草《あさくさ》に住んでいた。

両親はすでに死んでいて、ボロくて安いアパートで暮らしていた。

赤みがかったくせっ毛で、パッチリとした猫目が可愛い、至って普通の女子高生だが、

普通の人には見えないはずのあやかしや妖怪《ようかい》が見えていて、色んなあやかしたちの悩みを聞いたり、問題を解決したりしていた。私は妖怪相手に、とても強かった。

というのも、私はただの女子高生ではなく、かの有名な大妖怪、茨木童子《いばらきどうじ》の生まれ変

わりだったからだ。

あの頃は、毎日が楽しかったな。

私の側には前世で死に別れた夫、酒呑童子《しゅてんどうじ》の生まれ変わりの馨《かおる》もいたし、前世の仲間たちも集いつつあった。

陰陽局《おんみょうきょく》の退魔師に目をつけられたり、学校の文化祭で青春を謳歌《おうか》したり、ペン雛《ひな》のおもちを我が子のように育てたり、宿敵の安倍晴明《あべのせいめい》によって嘘《うそ》を暴かれたりしたけれど、それでも毎日がキラキラと輝いていたのは、あの日々がまるで、夢のように幸せだったから。

毎晩、祈ってた。

この幸せがずっと続きますようにって……

だが、嘘が一つ一つ暴かれていくうちに、私たちは再び、前世の因縁に巻き込まれていった。そして私は、狩人《かりゅうど》のライに体を貫かれてしまった。

ライは、かつて酒呑童子の首を討ち取った仇《かたき》、源《みなもとの》頼光《よりみつ》の生まれ変わりであり、酒呑童子の魂の半分をも持った男の子だった。相反する二つの魂を抱え込んでいるせいで、酷《ひど》く苦しみ、呪いすら背負った男の子だった。

わかっている。あの子は何も知らないまま、ミクズに利用されていた。

私に救いを求めていたのに、私があの子を認めてあげられず、突き放したりしたから、あんなことになってしまったんだ。

どうして。

千年経《た》っても、あんなことになってしまうんだろう。

生まれ変わっても、誰もが前世の業を引きずったまま、幸せになれない。

──お前たちを幸せになどさせはしない。

まるで、世界の誰も彼もが、そう願っているかのようだ。

そうして私は意識を失い、気がつけばここにいた。

「ここ、どこだろう。私、死んでしまったのかしら」

『そうとも。お前は死んだんだ。そしてここは、地獄《じごく》さ』

「……地獄？」

どこからか声がして、キョロキョロと周囲を見渡す。

死んだかな、とは思ったけれど、まさか地獄に落ちるとは。

だがなぜか、すんなりとそれを受け入れている。

自分の姿をよくよく確かめる。どうやら、懐かしい着物を纏《まと》っているようだ。

これは……この黒い着物は、大魔縁《だいまえん》茨木童子の纏っていた衣服だ。

まさかと思って確認してみると、右腕もない。

「……この姿で、地獄に落ちるだなんて。まるでそれこそ、罪で、罰みたいね」

乾いた笑みを浮かべて、泣きそうになりながら、空を仰いだ。

不気味なほど赤い空だ。真上に黒い月がぽっかりと浮かんでいる。

夜なのか、昼なのかもわからない。

雲は渦巻き、風の唸《うな》り声がする。遠くから、硫黄《いおう》のような匂いも漂ってくる。

「ああ、そうだ。私……ずっと前に、ここに来たことがあるわ……」

そんな覚えがある。

何だか、茨木真紀として地獄に落ちたのではなく、大魔縁茨木童子としての罪を引き継ぎ、ここへ落とされたような気がするのだ。

そうであるならば、抱えている罪はとてつもなく膨大なものだ。私はどうやって、大魔縁茨木童子の、その罪を贖《あがな》うことができるというのだろう。

大魔縁茨木童子。

酒呑童子の妻であった茨姫《いばらひめ》の、成れの果て。

夫を人間に殺されて、その首を奪われて、仲間と国を滅ぼされて、怒りと憎しみの力を糧に悪妖《あくよう》と化した、日本で最も邪悪で罪深い大妖怪。

むしろ、今までよくその罪を見逃されていたと思うほど、かつての私は多くの人間の命を奪った。夫の首を、人間たちから取り戻すために。

そうか。

きっと、省みる時がやってきたのだ。

浅草での幸せな日々など、まるで遠い夢のようだ。

「もしかして、あの浅草での日々は……本当に夢だったのかしら」

そう思ったら、ゾッと怖気《おぞけ》がした。

夫の生まれ変わりである天酒馨《あまさけ》。彼と過ごした日々は、私をさらなる地獄へと突き落とすために見せられた、幸せな夢だったのかもしれない。

それならば、とてつもなく効果的だわ。

私は今、絶望しているんだもの。

「あ……っ」

私は頭を抱えて、その場に膝《ひざ》をつく。

そもそも、馨という人は存在しない。

前世の仲間たちもどこにもいない。

そもそも私は、茨木真紀という人間の女の子に、生まれ変わってなどいない。

夢オチってやつだ。

当然だ。ここは無間地獄《むげんじごく》だもの。

ここに落ちるほどの大罪人は、宇宙が生まれて、滅びるほどの時間をこの地獄で苦しんでから、やっと生まれ変わることができる。私、そのことを知っている。

「ああああ……っ」

顔を手のひらで覆って、嘆いた。
この苦しみは、絶望は、地獄の責め苦に違いない。

彼岸の花が咲いている。
赤々と染まる世界で、私はたった一人きり。
無間地獄で、果てしない償いの終わりを待っている。
あなたと再び会うために、地獄の果てで待ち続けている。

第一話　地獄への行き方

俺の名前は天酒馨《あまさけかおる》。

この世で最も恐れられた鬼、酒呑童子《しゅてんどうじ》の生まれ変わりだが、今はもうそんなことはどうでもいい。

どうでもいい。どうでもいい……っ。

俺は、この世で最も大切な人の命を失ってしまった。

この世で最も大切な人を地獄に落としたのは、きっと、俺なんだ。


「茨木真紀《いばらきまき》の魂が落ちた先は、地獄《じごく》だ」

安倍晴明《あべのせいめい》の生まれ変わり、叶冬夜《かのうとうや》はそう告げた。

下を下を、指差しながら。

「……地獄？」

誰もがただただ顔をしかめた。

そこに行ったことのある者は、死者以外にいないと思う。だが地獄という存在を知らない者もいないだろう。

「ああ、そう。地獄だ。この〝世界系〟で最下層に位置する異界に当たる。そこは神格を持つ閻魔大王《えんまだいおう》が支配し、獄卒の鬼たちが蠢《うごめ》く、罪人の魂が死後向かう世界だ。日夜、罪人たちの魂が、想像を絶する責め苦を受けている」

「…………」

叶の淡々とした口ぶりが、一層恐ろしい。

それに違和感がある。なんだかこいつの口ぶりは、まるで……

「まるで、地獄に行ったことがあるかのように言うじゃないか」

「あるとも。地獄には何度も行き来した」

水連《すいれん》の嫌味に対して、叶はあっさりと答えたものだから、この場の誰もが驚きを隠せず、しばらく瞬《まばた》きすらできずにいた。

叶の式神である由理《ゆり》だけが、何かピンとくるものがあったようだが。

「だったら……だったら叶……っ、真紀を地獄から連れ戻す方法を、知っているのか」

驚きや戸惑いより先に、俺は叶に縋《すが》り、問いかける。

そんな俺を、叶は冷ややかな目で見下ろしていた。

「勿論《もちろん》だ。地獄への行き方を、俺はいくつか知っている」

「だったら俺を！　俺を地獄へと連れて行ってくれ。真紀はまだ死んだわけじゃない……っ。魂さえ連れ戻すことができれば、生き返る。そうなんだろう⁉」

そういう話を、こいつは俺にしているんだろう。

しかし叶は長い溜息《ためいき》をついて、呆《あき》れ顔《がお》で告げるのだ。

「そう簡単な話じゃない。この女の罪は、地獄で裁かれるべき大罪ばかりだ。現世《うつしょ》ですら、因果の糸でがんじがらめだと言うのに」

「……大罪……？」

俺は首を左右に振っていた。

「なぜだ。それはおかしい。真紀は何も罪を犯してはいない……っ。むしろ救ってばかりだったじゃないか！」

自分がどれほど傷ついても、弱いものを守ろうとした。

どんな些細《ささい》な願い事であっても、見捨てずに、あやかしたちを助けていたのに。

「違う。茨木真紀の罪ではない」

「は？」

だが俺はすぐに察した。

それはもしかして……大魔縁《だいまえん》茨木童子《いばらきどうじ》としての罪、か？

叶はただただ、俺を横目で見ていた。

「地獄という遠い異界で、お前がこの女の運命を変えることができるかどうかは、お前の判断、努力、身の振り方次第になるだろう。それだけ、閻魔大王の審判を覆すのは難しい。結果的にお前が何か大きなものを、失うかもしれないぞ」

「構うもんか！」

俺は声を張り上げた。

叶が問う覚悟に対し、迷いなどあるはずもなかった。

「俺にできることなら何だってする。何だってくれてやる！　真紀を失うくらいなら、俺は……っ。俺は、真紀と共に生きる人生を諦めたくない！」

真紀が隣に居なければ、いったい何の為《ため》に生まれ変わったというのだろう。

生まれ変わってもなお、前世の罪に責めたてられて、真紀は地獄にまで落ちてしまった。

だが、その前世の罪の原因は、俺にあるのだ。

ならば、ここで、地獄から彼女を救い出すこと――

きっとそれが、前世で彼女を一人残してしまった俺の、償いなのだ。

「……あの。僕も地獄へは行けないのでしょうか、叶先生」

少しの沈黙の後、由理が叶に問う。

「鵺《ぬえ》は難しいだろうな。死ねばワンチャンあるが」

「……ワンチャンって」

「そもそも、天酒馨が生者のまま辛《かろ》うじてそこへ行けるのは、こいつが元々〝鬼〟だったからだ。鬼の因子、鬼の霊気、そして鬼としての明確な姿を持っている。そのおかげで、こいつは地獄の波長に合わせることができる。要するに水が合うのだ。なにせ、地獄は鬼たちの楽園だからな」

「鬼たちの楽園……？」

叶いわく、地獄は鬼にしか耐えられないような邪気が充満しており、鵺のような清らかなあやかしは、そもそも生きていられない世界なのだとか。

ではなぜ、叶は行き来できると言うのだろうか。

こいつに関してはわからないことばかりだ。

安倍晴明だった頃から、得体の知れないところがあった。今になっても、ますますわけがわからないのだから、本当に恐ろしい奴だ。

しかし今は、こいつのこの、わけのわからない知識や力に頼る以外に方法はない。

「頼む、叶。地獄へ行く方法を俺に教えてくれ」

俺は改めて、叶に頼んだ。

叶はまた一つ、小さな溜息をつく。

そして、誰より落ち着いた口調で語り始めた。

「地獄へ行く方法は、実のところいくつもある。現世から地獄へ向かうには、地獄と繋《つな》がった歪《ゆが》みに飛び込む必要があるのだが……有力候補としては、一つ、山梨県の鳴沢氷穴《なるさわひょうけつ》の地獄穴《じごくあな》。二つ、富山県の立山地獄《たてやまじごく》……」

叶は候補の数だけ指を立てながら、相変わらず淡々と語る。

「しかし俺は、第三の候補である、京都の六道珍皇寺《ろくどうちんのうじ》にある『冥土通《めいどがよ》いの井戸《いど》』をオススメする。これが一番、安全に地獄へ落ちることができる」

叶がそう提案し終わると、ここで顔色を変えたのは茜《あかね》だった。

「おい、叶さん。確かに冥土通いの井戸は存在するが……その、それはそれで別の問題があるんじゃねーのか？」

茜は僅《わず》かに目を泳がせていた。それに、こいつらしからぬ曖昧《あいまい》な物言いだ。

何かを心配している茜に対し、叶はフッと鼻で笑った。

「ああ、確かに。現在この『冥土通いの井戸』は、陰陽局《おんみょうきょく》京都総本部の管轄だ。奴らの目を掻《か》い潜《くぐ》り、地獄に向かった後、さらにはそいつらに邪魔されることなく現世に戻らなければならない。そう言う意味では、最も困難な方法かもしれないな」

「待て。よくわかんねえぞ。どうして京都の陰陽局の連中が、俺たちの邪魔をするんだ」

それを前提に話をしている茜と叶を、俺は交互に見た。

「ふっ。ハハ」

叶は額に手を当てて笑っていた。

「どうして？　どうしてかと言われたら、そりゃあ、あの連中が茨木童子という天敵を、蘇《よみがえ》らせたいとは思わないからさ」

「……は？」

この場には、叶の言葉を理解できている者と、俺のように上手《うま》く理解できていない者がいる。

「ああ、もうわかった！　わかったよ！」

話が思うように進まない中、茜が声を張り上げた。

「俺が京都陰陽局の連中に話をつける。井戸の使用権に関しては何とかしてやる！　もうそれでいいだろう!?」

「茜……お前」

「勘違いするんじゃねーぞ、天酒馨！　茨木真紀がいないと、こちとら戦力不足だ。ミクズっつーか、玉藻前《たまものまえ》はおそらく倒せない。敵には他にも大妖怪がいるんだ。だから俺は、合理的な判断に基づいて、だな……うーん」

茜は最初こそ勢いのある口調だったが、それが徐々に弱々しくなり、しまいにはウンウン唸《うな》っている。やはり何か大きな心配ごとがあるようだ。

「天酒馨。叶さんの言ったように、京都陰陽局の連中には、茨木童子という大妖怪に対し深い恨みを持っている者が多いぞ。たとえそいつが人間に生まれ変わっていようとも、わざわざ蘇らせる必要性を、どこまで訴えられるか」

「交渉の余地はあるのかい？」

俺ではなく由理が問う。茜は視線を僅かに上げた。

「……あるっちゃある。京都陰陽局だって一枚岩じゃねえ。それに、あいつらが来栖未来《くるすみらい》を……源《みなもとのよりみつ》頼光の生まれ変わりを無視できるはずがねえからな」

ここで、来栖未来の名前が出てくるとは思わなかった。

来栖未来はミクズの陰謀によって、真紀を刺した男だ。今はここ陰陽局東京本部のどこかに拘留されているらしい。

だが、そうだ。

そもそも陰陽局の退魔師にとって、源頼光という存在は英雄に等しい。あやかしにとって、酒呑童子や茨木童子がそうであるように。

俺の考えがまとまらないうちから、叶がスタスタと病室を出て行こうとする。

「お、おい、叶」

「ボサッとしている暇など無いぞ。今すぐ京都へ向かう準備をしろ。俺もそうする」

叶は半端に振り返り、今一度、覚悟を問うような視線を俺に向けていた。

「天酒馨。このまま茨木真紀の肉体が死んでしまえば、お前が地獄に行ったところで、生き返らせるのは困難だ。それを肝に命じておけ」

「……ああ、わかっている」

一分でも一秒でも早く、真紀を救うために動きたい。

俺もまた、睨《にら》むように叶を見て、頷《うなず》いていた。

全ては叶の指示のまま――

陰陽局の者たちが、京都行きの手筈《てはず》を整えている。その間、俺はただ真紀の眠る病室で、京都行きの許可が出るのを待っていた。

みんなが俺を、真紀と二人きりにしてくれていた。

これから俺は、真紀をここに置いて、遠くへ行くからだ。

「真紀……」

透明のカプセルの向こうで眠る真紀は、瞼《まぶた》を閉じ、蒼白《そうはく》な顔をしている。

ピ……ピ……と心電図の音だけが響く。

いつもよく喋《しゃべ》って、よく笑うから、静かに眠ったままの真紀を見るのは切ない。

「真紀、お前の声が聞きたいよ、俺は」

喜怒哀楽、強烈な生命力を感じさせる真紀の表情を、何度も何度も頭の中で思い描いていた。笑顔や怒った顔、拗《す》ねた顔や泣き顔まで……

俺よりずっと背が低いから、上目がちに見上げてきて、俺のことを確かめるように瞬《まばた》きして、ニッと勝気な笑みを浮かべたっけ。

それに真紀は隣で歩くと、なぜかぶつかってくる癖がある。距離が近すぎる、痛《いて》えよって言っても、遠慮なく何度も。嬉《うれ》しいくせに、とか生意気なことを言って。

当たり前のようにそこにいた。

彼女が俺の日常をキラキラと彩って、何気ない幸せを与えてくれていたんだって、思い知る。

失いたくない。何者にも奪われたくない。

だから真紀、ここで待っていてくれ。耐えてくれ。

絶対に、連れ戻す。地獄の果てまで、お前を捜しに行ってくるから。

「馨君。もうすぐ出発できるって」

病室のドアが開いて、由理が俺を呼びに来た。

「……そうか」

真紀の眠るカプセルの表面を撫《な》でて、俺は自分の親友に、誰にも言えずにいた言葉を零《こぼ》した。

「なあ、由理。馬鹿だよな、俺って」

「馨君……」

「今になってやっと、俺は茨姫《いばらひめ》の気持ちを理解できたんだ。茨姫が、酒呑童子を失った時の気持ちが。……千年。千年かけて、真紀を失って、やっと。こんな馬鹿な話はねえよ」

かつて、酒呑童子という鬼は──

大切な人を守るために、自らを犠牲にして死んだつもりでいた。

だが、置いていかれた者の心は、死よりずっと、苦しい後悔と憎悪に苛《さいな》まれる。

どれほど罪を重ねても、何をしてでも、もう一度その人に会いたいと願ってしまう。

今ならば、茨姫の気持ちが痛いほどにわかる。俺もそうだからだ。

「馨君。僕らは結局、同じ目に遭ったり、似たような事が起こったりしてみなければわからないことだらけなんだ。だから人は後悔ばかりしているのだろうね。僕は人ではないけれど、そう思うよ」

由理は、打ちのめされている俺に優しく諭した。

「それでも君は、後悔してばかりの男じゃないことを僕は知っているよ。君は、自分の理想を叶《かな》える力のある人だ。自分の愛した人を救ったことがある人だ」

「……由理」

「正直、僕は反対したい気持ちだ。地獄に行くなんて」

由理はグッと眉を寄せ、苦しそうに微笑む。

「だけど、止めはしない。君たちのどちらかが欠けることは、もう絶対にあってはならないことだから」

そして由理は、切なげな視線を、カプセルの中で眠る真紀に向けた。

「千年前、まだ鬼に成り果てる前の茨姫を、あの地獄のような座敷牢《ざしきろう》から救い出したように……今度は本当に、真紀ちゃんを地獄から救い出してくれると僕も信じている。というか、そうじゃないと許さないからね」

そうは言いながらも、由理の心配が痛いほど伝わってくる。

だが同時に、強く励まされているともわかっていた。真紀もそうだが、俺もまた由理の前では素直になれる。

「ありがとう由理。いつも俺と真紀を見守ってくれて。いつも、味方でいてくれて」

「……どうしたの？　今生の別れみたいなことを、言わないでよ」

由理は頼もしく大人びた表情で、ポンと俺の肩を叩《たた》いた。

「ここにいる真紀ちゃんのこと、そして浅草《あさくさ》のことは、僕らに任せておいて。戦闘能力に関しては君や真紀ちゃんに劣るけど、守るのは得意な方だから」

「ああ。頼む」

由理がいると思うと、安心してここから離れられる。

「行ってくるよ、真紀」

カプセル越しに真紀に囁《ささや》きかけ、その顔を目に焼き付けて、俺は病室を後にした。

彼女から離れる切なさと、その魂を絶対に救うのだという、覚悟を胸に。


その日の夜のうちに東京を脱した。

俺以外だと、叶冬夜と津場木《つばき》茜という少数のメンバーだ。

叶が居なければ、たとえ『冥土通いの井戸』に飛び込んでも、俺は地獄へは行けないと言うし、茜は京都陰陽局に、この井戸の使用許可を得るため話をつけてくれる。

すでに青桐《あおぎり》さん経由で、京都陰陽局の方に要請を出しているらしいのだが、まだ許可が下りていないらしい。しかしその許可を待っている余裕など、こちらにはない。

「…………」

新幹線で京都に行くなんて、修学旅行以来だ。

窓からキラキラした東京の夜景を見送りつつ、俺はあの時のことを考えていた。

京都——

あの時あの場所で、ミクズと再会したことから、俺たちの今世での因縁が露呈した。

そう思うと、京都とは俺たちの前世の故郷でありながら、避けようのない因果が重なる土地だと感じる。

そういえば、あの時、宇治《うじ》の平等院《びょうどういん》で見つけた酒呑童子の首はどこへ持っていかれたのだろう。確か京都陰陽局の連中が持っていったはずだが……

「おい、大丈夫かよ。ぼんやりしやがって」

俺が何も言わずにぼーっとしてたからか、隣の席に座っていた茜が声をかけてきた。

俺のことを気にかけているのだろうか。

なんだかんだと言って、こいつには今まで、かなり世話になってきたな。

退魔師のことがずっと嫌いだったが、津場木茜のおかげで、その手の連中に対する考え方が、随分と変わった気がする。俺も、真紀も。

「……その、すまねえな、茜。さっきは俺、取り乱しちまって。格好悪いよな」

「いや、別に。あんなことがあったんだ、仕方ねえよ」

飲めよ、とペットボトルのコーラまでくれた。

俺はそれを受け取ると、グビッと飲んで、一息つく。もうずっと何も飲んでいなかった気がして、いつも飲むコーラが異様に美味《うま》く感じられた。

それでやっと、頭も働いてきた。

そういやここグリーン車だな。グリーン車なんて初めて乗ったな、みたいな。

「なあ、茜。どう思う」

「どうって、何が」

「今になって思うんだが、俺は浅草が少し気がかりだ。真紀も俺も居なくなって、ミクズの奴が、ここぞと動くんじゃないかって。むしろこれこそ、奴の狙いなんじゃないかと……考えすぎだろうか」

茜はオレンジジュースを飲みながら、

「いや、俺や青桐さんもそう考えてるぜ。東京からお前たち二人を退けること。それこそが、あの女狐《めぎつね》の真の狙いなんじゃないかってな。だが東京には青桐さんたちが残っているし、お前たちの知らないような強い退魔師もわんさといる。それに鵺《ぬえ》やお前の部下や、茨木真紀親衛隊もいるだろ。そう簡単に落ちやしねーよ」

「親衛隊って……四眷属《けんぞく》のことか？　まあ確かにその通りなんだが」

今回の件で意外だったのが、真紀の眷属たちの行動だ。

奴らの中で、俺と共に地獄に行くと言いだす者は一人もいなかった。特に凛音《りんね》は鬼で、地獄へ行こうと思えば行ける、とのことだったのに。

水連《すいれん》は真紀の肉体から離れるつもりはなく、凛音はいつの間にか姿を消してしまい、深《み》影《かげ》と木羅々《きらら》は、真紀が居なくて心細そうにしていたおもちの側にいる。

おそらく、それぞれが真紀のためにやるべきことを、しっかり理解し、選んだのだ。

心の中では、自分こそが真紀を迎えに行きたいと、辛《つら》く苦しい想いでいっぱいだろうに。

あいつらは、真紀を心から慈しみ、愛している。

もし真紀があんな形で居なくなったら、それこそ、悪妖《あくよう》になりかねないほどの悲しみと憎しみに囚《とら》われてしまうだろう。あいつらがそんな運命を辿《たど》らない為《ため》にも、俺は、真紀を失うわけにはいかないのだ。

「しっかし、酒呑童子の臣下で名高い熊童子《くまどうじ》と虎童子《とらどうじ》が、あの人気漫画家だったとはたまげたぜ。言われてみれば、あの漫画、酒呑童子びいきだったよな」

「なんだ茜。お前も読んでたのか、『モノノケ王の弟子』」

「まあな。陰陽局の休憩室に全巻揃ってるしな。漫画にしちゃあ、時代描写や妖怪の描写がしっかりしてるよなーって、退魔師の間でも人気なんだぜ」

「へえ。それ熊と虎に言ったら、すげー喜ぶだろうな」

俺は東京を出る前、酒呑童子の元部下であった熊童子と虎童子を呼び、真紀のことや、俺たちの居ない浅草のことを頼んだ。

あいつらは妖怪の中でも、戦闘能力がずば抜けている。

たとえ俺や真紀がいなくても、あいつらならきっと守り通してくれるだろう。

「それに、東京の陰陽局にも手練《てだ》れがいるんだろう？　俺はてっきり、お前が一番強いのかと思ってた。エースって言われてたし」

「はあ？　んなわけあるかよ！」

茜はなぜか顔を赤らめ、勢いよく否定した。

「俺なんて、ひよっ子もひよっ子、下っ端も下っ端だ。東京の若手のエースってだけだ」

そして、何だか渋い顔をしてゴニョゴニョ言っている。

「つーか俺がエースになってしまうくらい、東京陰陽局には若手が少ないってことだ。ぶっちゃけ人材不足なんだよ……」

「え？　そうなのか？」

まがりなりにも首都東京。しかし茜が言うことには、退魔師業界では若手不足が問題化しているらしく、特に関東の名門はそれが顕著ということだ。

跡取りが生まれなかったり、名門の血を受け継いでいながら霊力が低かったり、見鬼の才すらなかったりするのだとか。

理由は単純。そういう血が、時代と共にどんどん薄まっているからだ。

「そのせいで、東京の陰陽局は京都ほど人材豊富じゃねえ。ったく、東京にだってあやかしはいるし、手のかかる奴らだっているのによぉ。……お前たちのことだぞ」

「あ、すみません」

思わずペコッと謝ってしまった。

こいつを、俺たち絡みのトラブルに巻き込んでいる自覚はあるからだ。

「だが、東京の陰陽局が若手不足で悩んでるってのは意外だったな。京都の方は人材豊富なのか？」

「まあ、人材不足の傾向にあるのは同じだ。ただ、京都はその手の名門、名家の数が段違いなんだよ。そしてあらゆる系統、流派を網羅している。退魔師にも色々いるからな」

少し気にくわなそうな顔だが、茜は、京都の方が優秀な退魔師が生まれやすい徹底したシステムがあるのだと、その点を認めながら語った。

「退魔師専用の学校や塾が、京都にはいくつもあるのも特徴だ。次世代の退魔師を育むシステムが備わっている。……はあ。すげー徹底してんだぜ。一番重要なのは血を薄めないことだってわかってるもんだから、学生時代に成績やら相性やらで男女のペアを組ませて、二人体制で任務に当たらせる」

「なるほど。実質お見合いってことか」

「そう言うことだ」

それは少しばかり世知辛く、面白い話を聞いた。

もともと陰陽道《おんみょうどう》には、陽の気を持つのが男、陰の気を持つのが女という考え方がある。

そのため男女のペアで行動するのは理に適《かな》っているのである。

茜いわく、そのペアで将来的にくっつくことが多いのだとか。

「名家の跡取りだったりしたら、もっと早くに、家同士で許嫁《いいなずけ》を決めたりすることもあるらしい。嫁にしても婿にしても、優秀な人材、血統の確保は早い者勝ちってことだ。はあ。俺たちは競走馬かってんだよ。まじでこの業界だけ、時代が逆行してるよ」

「確かに……」

しかしそのくらいしなければ、魔都と呼ばれる京都のあやかしたちを、人の側が制することなど難しいと、茜は言った。

明確な人材不足、優秀な人間の欠落は、邪悪なあやかしたちをのさばらせ、結果的に人の世を混乱に陥れることになる。更には、人の世に交じって生きる善良なあやかしが不利益を被《こうむ》ることになるのだ。

「京都で代表的な退魔師の一族といえば、源家と、土御門《つちみかど》家だ。津場木家も元を辿れば源家の分家だったりする」

へえ、そうだったんだ。

「そして、京都総本部の陰陽頭は、代々土御門家の役目だ。知っているとは思うが、土御門家とは安倍晴明の末裔《まつえい》に当たる一族だ」

「安倍晴明さん当のご本人は、前の席で眠りこけていますが」

アイマスクつけて寝ている叶を、身を乗り出して覗《のぞ》いた。

「あー。まあそうなんだがな。しかし土御門家は、この人を安倍晴明の生まれ変わりだと認めてないって話だぜ」

「え、そうなのか？　どうして？」

「まあ、これを認められると、土御門家の陰陽師《おんみょうじ》界での地位がちょっと危うくなるからなあ。ただ陰陽局自体は認めているし、叶さんは全く気にしてないだろう。そもそもお前たちが叶さんを安倍晴明と認めてんだし、確定事項ではあるんだがな」

「俺からすると、こいつはどこからどう見ても安倍晴明だからな……」

名門にとって、体裁を保つというのは実に大変なことだ。

「ちなみに青桐さんも土御門家の出だ。しかも本家の出なんだぜ」

「へえ。でも京都じゃなく、東京の陰陽局にいるんだな」

「色々あったんだそうだ。跡取り問題とか。それで今は、母方の姓を名乗って東京の方に在籍している」

「へ、へえ」

名門ってのは……（以下省略）。

茜はオレンジジュースをグビッと飲んで、一息ついてから、僅《わず》かに声音を低くして話を続けた。

「……陰陽局ってのは、もともと〝陰陽寮《おんようりょう》〟という名前の、政府直属の組織だったんだ。平安時代からある組織だから、お前は知ってんだろ」

「ああ、まあ。陰陽寮の陰陽師たちは、俺たちあやかしの天敵だったよ」

陰陽寮は平安時代から存在し、安倍晴明も所属していたからな。

「だが陰陽寮は明治時代の初期に、ある大妖怪によって壊滅に追い込まれ、一度解体した」

俺は顔を上げる。茜が何を言いたいのか、すでに察していた。

「明治初期……大魔縁茨木童子か」

「そうだ。大魔縁は、平安時代から明治時代の初期まで、陰陽寮の陰陽師と戦い続け、酒呑童子の首を捜し求めていた。要するに、京都に根付く退魔師や陰陽師の一族の先祖たちと長い間戦っていたわけだ。だから京都総本部の連中にとって、茨木童子は先祖の仇《かたき》ってところだろうな」

「……そういう、ことかよ」

京都では、冥土通いの井戸の使用許可を巡って、あちらの陰陽局と対峙《たいじ》することになると、叶も茜も懸念していた。その理由は、これか。

「京都陰陽局の連中は、茨木童子を復活させたいとは思わない。地獄に落ちたなら、そのまま地獄にいてくれと願うだろう。いくら叶さんと俺が言っても、最後まで許可が下りない可能性がある」

俺が強張《こわば》った顔をしていたからか、茜は横目で俺を見て、

「だがまあ、その時は強行突破すればいいんじゃねーの。お前は気にせず地獄に落ちろ」

「……茜」

地獄に落ちろ、なんて言葉は日頃であれば最大級の悪態だが。

今回ばかりは、とてつもなく心強く響くし、ありがたい。

「だが茜。俺がそんなことをしたら、お前に何か罰則があるんじゃないか？　前にも俺たちのせいで謹慎くらわせられたし……」

「はっ、そりゃあまあそうかもな。だがしかし、こっちにも切り札ってもんがある」

「来栖未来か？」

その名前を意識して吐く。茜は深く背をもたれ、目を細めて頷《うなず》いた。

「妖怪どもにとって茨木童子や酒呑童子が英雄であるように、退魔師にとっての英雄が誰かわかるか？」

「ああ、安倍晴明と、源頼光だろう」

「その通りだ。この二人は数多《あまた》いる退魔師の中でも、ズバ抜けて英雄度が高い。陰陽師にとっては安倍晴明、俺のような武系退魔師にとっちゃ源頼光……」

そして、来栖未来という少年は、その源頼光の生まれ変わりである。

その顔が、たとえ前世と違い、俺と同じものになっていようとも。

「来栖未来は、お前にとっちゃ嫁の仇だろうが、俺たちにとっては英雄の生まれ変わりだ。あのまま、腐らせるわけにはいかねぇ……」

茜は低い声音でそう呟《つぶや》いて、また俺の方をチラッと見た。

「複雑そうな顔をしやがる」

「……わかってはいるんだ。だけど、あいつは俺の片割れでもあるから」

「魂が分裂したっていう、あれか？　あやかし殺しの宝刀とはいえ童子切《どうじきり》にそんな力があったとは知らなかった。あの刀だけは今の陰陽局に扱える者がいないから、ずっと厳重に封じられているんだ。だが……」

津場木茜はそれ以上何も言わず、長く息を吐いただけだった。

童子切……酒呑童子の首を切ったことで有名な、現代でもその名を轟《とどろ》かせる宝刀。

そう言えば、かつて酒呑童子にも愛刀があった。

酒呑童子の幼い頃の愛称であった〝外道丸《げどうまる》〟の名を冠した刀で、大江山《おおえやま》の鍛冶《かじ》場で鍛えた業物だったが、あれは結局どこへ行ったのだろうか。

酒呑童子は死ぬ直前、その刀を大地に突き刺し、狭間《はざま》の国《くに》を崩壊に導く媒介とした。

俺が凛音の瞳を経由して見た記憶の中では、酒呑童子の死後、茨姫が持っていったようだったのだが……

今もまだ、この世のどこかに、人知れず眠っているのだろうか。

第二話　冥土通いの井戸

夜の京都に着く。

ろうそくを模しているという京都タワーが俺たちを出迎える。

以前の修学旅行では予定が詰まっていたので、そうマジマジと見ちゃいなかったが、よく見るとこれ、京都の結界柱として機能している。

そもそも京都は、街の造りからして碁盤目状になっており、東西南北に四神の加護を受けた結界が張られている。碁盤の周囲を霊山が囲んでおり、寺社仏閣も際立って多い土地であり、古い時代よりあやかしたちの派閥も多くあるという。

魑魅魍魎《ちみもうりょう》蠢《うごめ》く京都は、今もなお人とあやかしが化かしあう魔都である。

「チッ。結局京都に着くまで、許可はおりなかったみたいだな」

茜《あかね》がスマホを開いて、舌打ちした。

どうやら青桐《あおぎり》さん経由で連絡があったようだ。

「ふん。どのみち許可がおりようとおりまいと、やることは一つだ」

叶《かのう》だけは相変わらず飄々《ひょうひょう》としており、京都駅よりタクシーに乗り込む。

俺はというと、東京に居た頃よりずっと覚悟が決まっていたし、心も落ち着いていた。

新幹線の中で津場木《つばき》茜と話をしたのが大きいだろう。

それに、少し寝ることができた。事件続きでずっと寝てなかったが、おかげで心身共に余裕ができた。復活だ。

「おいおい。地獄《じごく》が怖くねーのかよ」

俺の表情があまりにスッキリしていたからか、茜がタクシーの中で問いかける。

「当然だ。むしろ早く、地獄に落ちたいくらいだ」

地獄に落ちることを、これほど切望する日がやってくるとは思わなかった。

だが、真紀《まき》を失う以上に、恐ろしいことなんて何も無い。


——六道珍皇寺《ろくどうちんのうじ》。

祇園《ぎおん》の方角より路地に入ったところにある、六道さんと呼ばれ親しまれている京都市東山区の寺院だ。

六道珍皇寺のあるこの辺はかつて、平安京《へいあんきょう》の葬地の入り口に当たったという。

そのため〝六道《ろくどう》の辻《つじ》〟とも呼ばれ、あの世とこの世の境界だったのだとか。

「そのせいか、この辺は冥界に纏《まつ》わる伝説や寺が多い。六道珍皇寺もその一つだ。ここは、かつて小野篁《おののたかむら》が冥界《めいかい》通いをしていた井戸があることで有名だ」

「小野篁?」

「平安時代の官僚だ。小野篁は昼間は朝廷に出仕して、夜はその井戸から地獄に通い、閻《えん》魔大王《まだいおう》に仕えたんだと。そういう有名な伝説がある。安倍清明《あべのせいめい》より少し前の時代に活躍した人物だが……何だお前、平安時代の鬼だったくせに、知らないのか?」

この寺のことを教えてくれた茜が、ありえねえと言わんばかりの歪《ゆが》んだ顔をしている。

「いや……聞いたことくらいはある。かもしれない」

ただ、正直あまり詳しくはない。酒呑童子《しゅてんどうじ》の生きていた時代とも少しズレてるし。

地獄通いをしていたなんて、今考えてもとんでもない所業だが、当時の酒呑童子は現《うつし》世《よ》という名の地獄ばかり見ていて、本物の地獄なんて想像したことがなかった。

暗い境内を急ぎ足で進む。

結構広い寺だ。茜曰《いわ》く、ここ六道珍皇寺には閻魔大王の像を祀《まつ》ったお堂や、冥土まで響くと言われている〝迎え鐘〟があるという。

しかし俺たちの目的は、冥土通《めいどがよ》いの井戸《いど》だ。

寺の本堂の奥にその井戸があった。

俺たちは井戸を堂々と覗《のぞ》き込む。別になんてことない、至って普通の井戸に見える。

「見た目は、よく管理された普通の古い井戸だな」

地獄に繋《つな》がっていると言うのだから、何かこう、特別仕様なのかもと思っていた。しかし見た目は、変哲のない古井戸だ。

ただ、結界術を扱う俺にはわかる。

井戸の奥の方に、空間の歪みがあること。

「向こうには、冥土から帰るために使われた井戸もあるぞ」

「なんだ、叶。やけに詳しいな」

どうやらこの冥土通いの井戸の他に、帰るための井戸もあるらしい。そちらの井戸は、最近になって発見されたのだとか。

このように、俺たちが冥土通いの井戸を確認し覗き込んでいた、その時だった。

ふと、風向きが変わった瞬間に感じられた、霊力の気配。

目の端で、俺は無数の黒い影を捉えた。

「どうやら囲まれているな」

「ああ……」

俺と茜は横目で見合い、確認し合う。

すでにこの六道珍皇寺には、何者かが数人いて、俺たちを包囲しているようだった。

おそらく、京都陰陽局《おんみょうきょく》の退魔師たちだろう。

「コソコソしてねーで出てこいよ。隠れる気もないくせに」

「…………」

茜が一声かけると、闇夜より五人ほどが、ヌッと姿を現した。

思っていたより少ないな。気配からして、もっといるかと思っていた。

もしや、わざと気配を散らして、こちら側に大人数いるかのように思わせていたのだろうか。なかなか厄介なことをしやがる……。

京都陰陽局の退魔師たちは、どいつもこいつも紙のお面をつけ、古風な狩衣《かりぎぬ》姿だった。

以前、平等院《びょうどういん》の地下に現れた者たちと同じような格好だ。

東京の陰陽局の連中はスーツ姿が基本だが、こっちは狩衣が基本なんだな。

そこに東京と京都の陰陽師《おんみょうじ》たちの、仕様の違いを感じたりする。やはり京都は、伝統や形式を重んじるのだろうか。

「えー。お前たちは完全に包囲されている。大人しく我々の指示に従え。茨木童子《いばらきどうじ》の魂を地獄より蘇《よみがえ》らせるわけにはいかないのでな」

退魔師の一人が、なぜか拡声器を手に持って俺たちに向かって注意喚起する。体格が良《い》いし、声からして男だろう。

「おいお前、夜中に拡声器なんて、ご近所迷惑だぞ！」

茜もまた声を張り上げた。こっちもこっちで、夜中に迷惑な声量だ。

「黙れ津場木。貴様、名門の退魔師の身の上であやかしどもと仲良くしやがって。京都でもこいつらを庇《かば》ったって聞いたぞ」

「してねーし！　お前たちのことが気に入らなかっただけだし。つーかこいつは、あやかしじゃなくて人間だ。化け物級の霊力値してるけどな！」

「はっ。茨木《いばらき》真紀を復活させようとしている時点で、お前はあやかしの味方だ。東京の輩《やから》はそういうところが適当で困る。立場をわかってないんだな」

「は？　何言ってんだてめえ。京都の連中だって天狗《てんぐ》どもと蜜月関係だって聞くぞ！　派閥争いに天狗たちを巻き込んで、賄賂《わいろ》が横行してるって！」

「う、うるさい。そんなのは上層部や大御所たちが勝手にやってることだ」

茜と京都の退魔師たちが、それぞれの嫌味をやいのやいの言い合っていると、

「あ」

叶の奴、いつの間にか井戸に片足突っ込んでやがる。

「か……っ、叶さん！　いくらあなたが安倍晴明の生まれ変わりでも、この井戸を使うには上層部の許可と、専用の呪符《じゅふ》が必要であってー」

さっきまで茜と言い合っていた京都陰陽局の一人が、かなり慌てた様子で喚《わめ》いた。

一応、叶には敬語なんだな。

当の叶は顔色ひとつ変えることなく、

「上の許可なんか知るか。呪符もいらん。もともとこの井戸は俺が作ったものだからな」

「は？」

謎の言葉を残し、何のためらいもなくひょいと井戸に入ってしまった。

……え、あんな感じでいいの？

誰もがぽかんとしている。だって、何かこう、儀式とか畏《かしこ》まった呪文とか、そういうのが必要なのかと思っていた。

「おい馨《かおる》！　ボサッとしてねぇで、お前も行け！」

茜はこの隙を見て、俺の背中を押した。

「チッ、行かせるか！」

退魔師の一人が、俺に向かって呪符を飛ばしたが、茜がそれを一刀両断する。そして髭《ひげ》切《きり》を構えて、本来ならば仲間であるはずの陰陽局の退魔師たちを威嚇しているのだ。

「茜、すまねえ。お前死ぬなよ……っ」

「当然だ！　つーかそれフラグだから！」

前にもこんな風に、茜にあいつらの足止めをしてもらった気がするが、俺はこいつを信じることにして迷いなく井戸に飛び込んだ。

俺自身も、今から死にに行くようなものだから、遠慮なんてしなかった。

音も光も、瞬く間に消えた――

井戸は、俺が入った途端、幅も深さも全く別の何かに変わったように思える。

要するに、世界の境界線を越え、俺は異なる空間へと足を踏み入れたのだった。

それは異界への落とし穴。

穴はどこまでもどこまでも続いており、深く、終わりのない落下の感覚がしばらく続く。

やがて落下の感覚に体が馴染《なじ》み、もう落ちているのか飛んでいるのか、登っているのかもわからなくなった。

「……？」

突然、パッと視界が開けた。

砂っぽい空気と、強烈な硫黄《いおう》の匂い……

気がつけば、俺は濁った赤い空の真下に立っている。

キョロキョロと辺りを見渡すと、すぐ側に、あまり美しいとは言えない色の緩やかな流れの大河が流れていて、砂利の河原には薄汚れた風車が突き刺さっている。

それがカラカラと回って、物悲しい音を立てていた。

「……俺……は……」

最初こそ、自分が何者で、どうしてこんなところにいるのかすら、思い出せなかった。

しかし徐々に思考が働き始める。

そうだ。俺は馨。天酒馨《あまさけ》。

酒呑童子の生まれ変わりの人間で、今しがた井戸を通って地獄に落ちたんだ。

「って、爪？」

指に生えていた爪が、人間のものにしては鋭く物騒だった。

それで慌てて頭に手を当ててみる。

「角!? 角が生えてるってことは、俺、鬼の姿をしているのか？」

川に映る自分の姿を確認し、またまた驚いた。

なんと自分の見た目だけでなく、格好も、千年前の酒呑童子を思わせる装束である。スイの化け薬で酒呑童子の姿になったバルト・メロー戦以来だな。

というか、この状況を誰か簡潔に説明してください。

「はああ～。酒呑童子の姿でアホ面かまさないでくれ。そんなことで、この広い地獄の何処《どこ》かにいる茨姫《いばらひめ》を見つけられるかどうか……」

いつの間にやら、側に叶が立っていた。

奴はムカつくため息をついた後、やれやれと首を振る。

「って、叶！ なんでお前まで、安倍晴明の姿になっていやがる！」

俺は奴をビシッと指差した。叶も黒い束帯姿で、前世の安倍晴明を彷彿《ほうふつ》とさせる格好をしていたからだ。

ん、だが待て。何かが少し違う気もする。見た目にちょっとだけ違和感があるというか。

叶もまた「は？」と首を傾げていた。

「何を言っている。お前はどう見ても酒呑童子だが、俺は安倍晴明ではない。俺のこの姿は小野篁のものだ」

「はい？　小野篁??」

その名は、確か六道珍皇寺で茜に聞いた。

しかし、どうしてここで、そいつの名前が出てくる。

だが、お公卿《くぎょう》姿の叶は俺に詳しい説明をするつもりはないらしい。無言のまま懐をゴソゴソと漁《あさ》って巻物を取り出し、俺にそれを投げつけた。

「いいか、酒呑童子。お前には地獄でミッションがある。今から俺は、お前をここに放置するので、お前はそれを持って閻魔王宮《えんまおうきゅう》へと向かえ」

「え？」

「おそらく下級獄卒たちがお前を見つけ、お前は何者だと問うだろう。そしたらこう答えろ。小野篁に命じられてやってきた獄卒志望です、と。それとお前、自分が酒呑童子だとは絶対に名乗ってはならない」

「は？」

「いいか、わかったな。絶対だぞ」

何が何だかわからなくて、「え？」とか「は？」を繰り返していたが、叶は俺の戸惑いをよそに、忽然《こつぜん》と姿を消してしまった。

周囲をぐるっと見渡しても、もうどこにもいない。

要するに俺は、地獄の中心でひとりぼっちなワケである。

「あいつさあ……俺よりよっぽど、あやかしっぽさあるよな」

ひとりごとが虚《むな》しい。

ひとりぼっちになって初めて、あんな奴でも一緒にいてくれただけで凄《すご》く心強かったんだなと思ったりした。それがたとえ、前世の仇《かたき》のような奴でも。

あれだな。普段は全然仲良くならないタイプでも、海外に行くと同じ国の人間というだけで心強くて仲良くなるという、あの現象だな……

一人で勝手に納得している。

そして黙々と、河原の砂利の上を歩く。

「叶の奴、閻魔王宮へ行けと言っていたよな」

ここはどこなんだろう。

手渡されたのは謎の巻物だけだし、地獄で生き抜く必要があるのに初期装備がしょぼすぎる。というか、ここは本当に地獄なんだろうか……？

虚しくて寂しくて、乾燥した場所だ。

風も生暖かく、常に硫黄の匂いを運んでくる。

空を見上げれば淀《よど》んだ赤い色の雲に覆われているし、黒い月か太陽のようなものが浮かんでいる。いや、あれは空間の穴っぽいな。

「まさか、地獄穴か？」

あの穴から罪人の魂が落ちてくるのだろうか。

登っていくには、やはり蜘蛛《くも》の糸が必要なのかな……

「あ」

前方より、三匹の鬼が現れた。第一村人ならぬ、第一地獄鬼発見。

地獄の鬼たちは絵に描いたような大男だった。しかしその格好は古めかしい着物、というわけではなく、何故《なぜ》だかかっちりした黒の看守服だ。しかし金棒を担いでいる。

顎《あご》がしゃくれ気味で、牙が上を向いて伸びている鬼が、俺を見て尋ねた。

「おや珍しい。お前さん現世鬼だな。どうして賽《さい》の河原《かわら》にいる？」

ああ、一目見て、俺が現世の鬼ってわかるんだな。

「えっと……俺は小野篁って人に命じられてやってきた、獄卒志望です」

叶に言われていた通りに答えると、鬼たちはざわつき、顔を見合わせた。

「あの小野篁様に？」

「あの人また地獄に戻ってきたの？」

どうやら小野篁は有名人のようだ。

鬼たちの困惑っぷり、小刻みな震え方から、あまり良い《い》印象を持たれていないようだが。

「小野篁様の命令じゃ仕方ねえ。獄卒志望の異界鬼が現れたら、閻魔王宮に連れていく習わしだ。そこで閻魔大王様直々に獄卒に任命され、ふさわしい仕事を貰《もら》うことになっている。お前さん、オイラたちについて来い」

「あ、はい」

巨大な体を持つ鬼たちに囲まれて、俺はただただ言うことを聞いて、ついていく。

天下の酒呑童子が、なんとも情けない。

しかしこの地獄で、俺は酒呑童子と名乗ることもできないし、そもそも酒呑童子の名前など何の役にも立たないのだろう。

河原を離れ、丘を登った。

目前には褐色の土ばかりの、広い荒野が続いている。

いかにも終わりの世界って感じだ。

目を凝らしてよくよく見てみると、ずっと向こうに建造物群があるようで、小高く尖《とが》った何かが見える。

「あれが閻魔王宮だ」

鬼が教えてくれる。遠いのでどれほど大きな城なのかはわからない。だが目的の場所が見えたことで、俺は僅《わず》かに安堵《あんど》した。

「地獄というからにはもっと酷《ひど》い世界なのかと思っていたが……ただただ、何もないところなんだな」

ボソッと呟《つぶや》くと、隣にいた鬼が不思議そうな顔をしていた。

「お前さん、地獄のことを何にも知らないのか？」

「え？　ええまあ。ついさっき来たばかりですから……」

鬼たちは不審そうに顔を見合わせている。

前情報を何も持たずに地獄に来る奴なんて、居ないのだろうか。

だがしかし、

「地獄は八つの層、管轄に別れているんだ。これを八大地獄という」

鬼たちは指を立て、地獄の名を連ねる。

「第一階層・等活地獄《とうかつじごく》……第二階層・黒縄地獄《こくじょうじごく》……第三階層・衆合地獄《しゅうごうじごく》……」

「第四階層・叫喚地獄《きょうかんじごく》……第五階層・大叫喚地獄《だいきょうかんじごく》……」

「第六階層・焦熱地獄《しょうねつじごく》……第七階層・大焦熱地獄《だいしょうねつじごく》……」

「そして第八階層・無間地獄《むげんじごく》」

八つの地獄は、筒状の地層のように重なっており、罪が重ければ重いほど、下の地獄に落とされる。

そして下の地獄に行けば行くほど、そこを管理する獄卒の地位は高いらしい。

「それぞれの地獄によって、責め苦も様々だぞ」

「ちなみにここは、第一階層の等活地獄」

「俺たちのような、うだつのあがらねえ下級獄卒が働いている」

「わっはっは。違いねえや」

「次の試験では中級を目指そう。おー」

鬼たちは、やる気を込めて「えいえいおー」をし始めた。

なんだかよくわからないノリだが、話の流れからいって、こいつらはおそらく下っ端ということだろう。

それから、この鬼たちと一緒に、ひたすら赤土の荒野を歩いた。

歩きながら、鬼たちは俺に〝獄卒〟という、鬼専用の地獄の職業について教えてくれる。

「獄卒ってのは、閻魔大王様の命令により、地獄に落ちて来た罪人を管理し、責め苦を与えるというか、しばき倒す鬼のことだぞ。鬼以外はなれない」

「俺たちの仕事に憧れて、異界から鬼がやってくることは割とあるが、よくもまあ、こんな世界の最下層に来たもんだ」

「だが、地獄は鬼にとって過ごしやすいぜ。他の世界じゃ、どこでも鬼は嫌われ者と聞くが、地獄だとまず食いっぱぐれることがねえ。獄卒は公務員で、給料も安定してるし」

「は、はあ……公務員ですか」

鬼たちは意外とフレンドリーだし、親切だ。

地獄で罪人たちをしばき倒す鬼なんて、もっと気性が荒くておっかない、残虐な奴らかと思っていたのだが。

何より獄卒って公務員なんだな。うーん、悪くない。

「ぎゃーっ」

「わーわー」

「死ね、死ねーっ」

どこからか、悲鳴のような雄叫《おたけ》びのような、断末魔の叫びのような声が、無数に重なって聞こえてきた。まるで戦場の音だ。

荒野のド真ん中に巨大な穴があるようで、俺と一緒にいた下級獄卒たちがワクワク顔で穴を覗《のぞ》き込み、また俺を手招きした。

「……なっ⁉」

そこで見た光景は、想像を絶するものだった。

白い着物を着た罪人たちが、それぞれ刀や槍《やり》を持って戦っている。

というか殺しあっている。

それを鬼たちが囲んで見張っており、時折その中に交じって、殺しあいをサボっている罪人を見つけては、彼らを襲っている。

罪人たちは斬《き》ったり突き刺したり、殴ったり潰《つぶ》したりと、残酷な殺しあいをしているのだが、死んでもまたすぐに生き返り、同じことを繰り返している。血が大地に染み渡り、その肉体がどれほど傷ついても、地獄に落ちた罪人たちが死ぬことはない。

おそらく俺は青鬼のごとく真っ青な顔をしていたと思う。

前言撤回だ。ここは文字通り地獄なのだ。

ああ、もうダメ。目を逸《そ》らしたい。衝撃映像。モザイク処理必須。

「おいおい、このくらいで参ってたら、獄卒なんてできねーぜ」

「第一階層・等活地獄は、最も罪の軽い罪人が落ちてくる地獄だ。ここの責め苦は、死んでも戦い続けることなんだ」

「そもそも罪人たちは死人だ。魂の持つ肉体の記憶をもとに、痛みや苦しみを感じるようになっている。だから死ぬような重傷を負っても、たとえ肉を削《そ》がれて骨になっても死ぬことはなく、翌日には元どおり」

「もっと下の地獄に行くと、あれより酷い責め苦を、それはもう膨大な時間、耐え続けなければならないんだぜ」

「…………」

ま、まさか真紀も、あれ以上に酷い責め苦に遭っていると言うのか？

どうしよう。一刻も早く真紀を見つけ出し、この地獄から助け出さなければ……っ！

「あの。どの罪人がどの層にいるのか、獄卒にはわかるんですか!?」

俺は、やたらと親切な下級獄卒たちに尋ねてみた。

獄卒たちは顔を見合わせる。

「そりゃ、自分の属する階層の罪人ならな。嫌でも顔を覚えるし」

「だが他の階層の罪人のことはわからねえ。閻魔大王様なら全てをご存じのはずだが」

閻魔大王……か。

それは地獄を管理する王の名だ。現世でも、ほとんどの人間が知ってるんじゃないだろうか、というくらい有名だし、おそらく酒呑童子より知名度がある気がする。

「ああ。でも多分、小野篁様も知っていらっしゃると思うぞ」

「そういやお前、小野篁様の紹介で、この地獄に来たんだろ？」

「現世鬼には実感がないかもしれんが、小野篁様は人の身でありながら唯一、地獄の高官に上り詰めたお方で、閻魔大王様の右腕だ」

獄卒たちのこの話、確か茜もそんなことを言っていた気がする。

しかし度々名前の挙がる、この小野篁という男。

なぜ叶が、自分のことを小野篁だと名乗ったのかが、今もまだわからない。

そもそもあいつは、安倍晴明だったはずだ――

俺はこの地獄で、真紀のことだけではなく、謎に包まれていた叶の、いくつもの裏の顔を知ることになるのである。

第三話　閻魔大王

赤土の荒野のド真ん中に、地獄の中央機関〝閻魔王宮《えんまおうきゅう》〟が聳《そび》え立っている。

その周囲を鉄の高い城壁が囲んでいて、今はその目の前にいるせいで、ただただ城壁を見上げるばかり。

「この城壁の中は大王都だが、地獄の各階層に、似たような鬼の街があるんだ」

「ここが高い鉄の城壁で囲まれているのは砂嵐を避けるためだ。この辺は凄《すご》いからな」

「は、はあ」

獄卒の鬼たちが言うには、この鉄の城壁の中は、どうやら城下町になっているらしい。

地獄を管理する獄卒たちや、その家族、城下町で商売をする一般鬼たちが住んでいると言う。

狭間《はざま》結界を操る者としては、構造や仕組みが気になって仕方がないし、興味深い。

城門が開かれ中へと入ると、そこは確かに、鬼たちが住まう広々とした街になっていた。

「おお……確かに中は賑《にぎ》やかだな」

地獄とは名ばかりの、美しく整った街だ。目がチカチカしそうなほどの極彩色の建物や橋があり、多くの鬼たちで賑わっている。

俺をここに連れて来たような大鬼もいれば、俺のように人間に近い形の鬼もいる。

女の鬼も子どもの鬼もいて、誰もが清潔で色鮮やかな着物を纏《まと》っているし、どこを見ても貧しさは感じられず、誰もが豊かな暮らしをしている。

「…………」

その光景は、少しばかり、かの大江山《おおえやま》の狭間《はざま》の国《くに》を思い出させた。

「地獄は鬼の世界だが、鬼にも様々な種類がいるからな。大きな鬼、小さな鬼、地獄生まれの鬼、異界から移住してきた鬼。だが種族に隔てはなく、それぞれの個性や適性にあった部署に振り分けられて、仕事をしているんだ。獄卒は鬼の中でもエリートの仕事だぞ。なんてったって公務員だからな！」

俺をここに連れてきた獄卒が、親指を立てて、そこのところを強調する。

それにしても、妙な気分だ。地獄では鬼が、まるで地上の人間のように暮らしている。

現世《うつしよ》で叶《かの》うが、地獄は鬼の楽園だとか言っていたが、確かに鬼がこんなに平和に暮らせる場所があったとは知らなかった。

「やあ獄卒の諸君。今日も勤労に励んでいるかね〜？　ヒック」

そんな時、前方から男が、俺たちに向かって適当に手を振りながら、どこか千鳥足気味に近寄ってくる。周囲に鬼の美女を何人も侍《はべ》らせながら。

誰だろう。タレ目で癖っ毛頭の男だ。赤ら顔で、随分と出来上がっている様子。

「あれ～、初めて見る鬼がいる。ヒック」

その男は俺に気がつき、顔を覗き込む。うわ酒くせえ……

俺は顔を背けながらも、この男の瞳の色が気になっていた。

見ているとザワザワと胸騒ぎがする。奥の方に、赤紫色の鈍い光を宿す瞳だ。

「あああ」

突然、下級獄卒たちが叫び声を上げながら、慌てた様子で地面にひれ伏す。

「これはこれは、閻魔大王《えんまだいおう》様！」

え？　閻魔大王……？

まさかこの男が⁇

「下級獄卒の諸君。この鬼はどこで拾ったのかね？　異界鬼かな？ ヒック」

閻魔大王と呼ばれた男は、どうにも俺のことが気になっているらしい。

「は。この者は賽《さい》の河原《かわら》付近の見回りで見つけました。獄卒志望の現世鬼とのことです。どうやら小野篁《おののたかむら》様の紹介状を持っているらしく」

「……え。篁の？」

閻魔大王と呼ばれた男の表情が凍《い》てついた。一気に酔いが覚めたみたいだ。

「うそ……篁の奴、地獄に帰ってきてるの？　マジで？　それどこ情報？」

「えっと、これが紹介状です」

俺が例の巻物を差し出すと、閻魔大王と呼ばれた男は震える手でそれを開く。

「あああ、マジだ。これ篁の字だ。と言うことは……サボリがバレたら殺される！」

閻魔大王と思《おぼ》しき男はカッと目を見開き、どこからともなく立派な冠を取り出した。

カポッとそれを被《かぶ》ると「ゔゔん！」と強めに咳払《せきばら》いをして、

「現世より訪れし獄卒志望の若者よ、あとで閻魔王宮に来るがよい。篁の紹介状があれば難なく入れよう。そこでお前の適性を見極め、担当の階層を決める。……お前は顔がいいから衆合地獄《しゅうごうじごく》に行けると思うぞ」

最後の台詞《せりふ》はともかく、いきなり大王っぽい高貴な物言いだ。やはりこの男が地獄の覇者、閻魔大王だというのだろうか。

「こうしちゃおれん！　篁より先に王宮に戻らねば！」

「あん、閻魔大王様ー」

男は物凄《ものすご》い速さでこの場を立ち去った。

さっきまで連れていた女の鬼たちが、残念そうな声をあげ、くねくねしながら見送っている。いったい何だったんだ……

「凄いじゃないか新人！　一気に第三階層の衆合地獄だって!?」

「頑張れよ！　あそこの仕事はキツいらしいから」

「……え？」

俺をここまで連れて来た下級獄卒たちが、俺の背中や肩を叩《たた》いたり、賞賛したり激励したりしている。

「えーと。まだよくわかんないですけど、とりあえず閻魔王宮に行ってみます。ここまで連れて来てくださってありがとうございました。お世話になりました」

俺は下級獄卒たちに丁寧にお礼を言う。まだ獄卒見習いだからな。

「おう。何かあったら俺たちを頼りなよ」

「俺たちこの辺に住んでるから」

彼らとはここで別れ、俺は閻魔王宮へとまっすぐに向かう。

大王都と呼ばれるこの場所は、初めて来た者にも親切で、至る所に地図や立て札があったりする。向かいたい場所があれば、すぐにわかるようになっているので、とても良くできた都市だと感心してしまう。

しかし、ここは想像していた地獄とまるで違うな。

鬼たちの気性も穏やかだし、むしろ親切すぎるくらいだ。閻魔大王に至っては、ぷらぷらと城下町を歩き回ってたようだし。

「平和だな。怖いくらいだ」

地獄とはいったい何なのだろう。

俺たち人間の想像していたものとは、全く異なる世界なのだろうか？

大王都を歩いていて気がついた。

ここで暮らす一般鬼たちは誰もが着物姿だが、古来の日本らしい和服かというと、模様や色がより華やかで、形も少々異なるところがある。東洋西洋、あらゆる文化のアクセントも見かけたりする。その中に、俺をここまで連れて来た鬼たちと同じ、黒の看守服を纏った鬼もちらほらいた。

注目したのは衣服だけではない。

ここは様々な文化が独特な形で溶け込んでいるのだが、街中を路面電車が走っていたり、バイクに乗っている鬼を見かけたりした。文明レベルもそこそこ高そうなのだ。

「あれ。そういやさっきまで空が赤かったのに、ここは晴天だな」

今になってそのことに気がついた。閻魔王宮を目前とした坂道を登りながら、背後を振り返ってみる。

するとすぐに、その謎がわかった。

どうやら、ここ大王都を中心に、円を描くように雲が晴れている。

外側は、変わらず赤黒い雲が漂っているようだ。何かの技術で、中央にだけ雲を寄せ付けないようにしているのかもしれない。

閻魔王宮は城下町の一番高いところに聳え立っている。王宮の城門には数人の兵士が立って、王宮へと立ち入る者たちを調べていた。

「お前、小野篁様の紹介状を持っているな？　よし、入城を許可する」

例の巻物が役に立った。それを見せるだけで、難なく入城することができたのだ。

「しかしでけー城だな」

目の前で見ると、一層迫力がある。

日本風の城をより巨大にしたものにも見えるし、屋根の形のせいか、瓦の色が赤いせいか、古代中国にありそうな王城にも思える。しかしまあ、やはり異界の城なので、どれとも言い難《がた》い独特な構造や装飾をしている。

城の中に入ると、中心部がだだっ広い吹き抜けになっていて、ガラス張りのエレベーターがあったりしたので驚いた。

幾つも列を成すエレベーターが、上へ下へと忙《せわ》しなく動いているのだ。

「デパート……？」

こういうの、大きな百貨店やショッピングモールでもよく見る仕様だな。

俺はそのエレベーターに乗り込み、閻魔大王の執務室があるという最上階へと向かう。

閻魔王宮とは、地獄の中央政府という感じなのだろうか。

エレベーターに途中で乗り降りしている鬼たちは、荒野で俺を案内してくれていた下級獄卒たちとは違い、どこかインテリエリートの雰囲気がある。

眼鏡を掛けていたり、髪型が七三分けだったり。

女の鬼も、髪をきっちりと結い上げていて、仕事のできるキャリアウーマン風である。

着物も黒と白とできっちり感があり、洗練された佇《たたず》まいだ。

いかにも役人というような……

酒呑童子姿の俺がちょっと浮いていて、恥ずかしい。しかし誰も、俺のことを気に留めず、せかせかとしていた。皆とても忙しいのだろう。

さて。中央にある大きなエレベーターでぐんぐん昇って、いよいよ最上階についた。

最上階につくまで十五分はかかったのではないだろうか。それほど高い場所にある。

俺がここへ来ることは、最上階の受付の鬼がすでに承知していた。

「お前が篁様の紹介状を持った獄卒志望か。閻魔大王様は奥におられる。お忙しい方なので、あまり時間を取らせないように」

「はい」

お忙しい？　さっきまで城下町で遊んでましたけど……

地獄の門を思わせる大きな鉄の扉が開かれて、広々とした閻魔大王の間に足を踏み入れた。

中には数人の書記官と思しき鬼がいて、せかせかと巻物を運んだり、何かを必死に書き連ねたりしていた。この部屋の中央に立派な玉座があり、そこには誰かが、あぐらをかいた姿で鎮座していた。

まさか、あれが閻魔大王か？

真ん中に〝王〟の字のあるジャラジャラした飾冠。極彩色の立派な衣服は、絵で見るような、閻魔大王お馴染《なじ》みの装いという感じだ。

さっき城下町で見た姿とはまるで違うな。

「獄卒志望の現世鬼とのことだな。名を申せ」

閻魔大王は、さも初めて俺に会ったかのような物言いで、問いかける。

落ち着きがあり威厳すら感じる。さっき城下町で見た姿とはまるで違うな……

「私の名前は……外道丸《げどうまる》と申します」

一瞬、どの名前を告げるべきか迷った。

天酒馨《あまさけかおる》は人間の名前だし、酒呑童子は鬼の名前だが叶に名乗ることを禁じられているからだ。

とっさに名乗ったのは、酒呑童子が幼い頃に呼ばれていた名前だった。

閻魔大王は分厚い記帳に何かを書き込みながら、片方の目を眇《すが》める。

「外道丸、か。鬼らしい名前だな」

そして再び、俺に視線を落とした。目を凝らし、まじまじと俺を見ている。

「ふうむ。お前は見た目が良《い》いから、第三階層・衆合地獄がよかろうな。ちょうど美男子不足で、あそこを管轄している階層長が人員を要求していた」

「……はい？　美男子？」

まず、地獄に美男子が必要な理由を知りたい。切実に。

「ゔゔん。まず地獄について説明しよう」

閻魔大王が咳払いをすると、書記官らしき獄卒が二人、白い布のようなものを天井からひっぱり出して、そこに地獄の構造を描いた図を映し出す。

すげえ。プロジェクターって地獄にもあるんだ。

「地獄とは、この私〝閻魔〟が支配する罪人の魂を管理する世界だ。罪人とはいえ人間だけではなく、あやかしや動物、魂を持つもの全てが含まれる。しかしこの地獄で肉体を持ったまま生存を許されている種族もいる。それが、鬼」

「鬼……」

「鬼であれば、どのような世界の出身であっても受け入れるのがこの地獄だ。なぜかというと、私が大の鬼好きで、鬼は地獄の邪気に耐えられる唯一の種族だからだ」

閻魔大王は長い指し棒を持って、プロジェクターに映っていた地獄の図を指す。

「さて。八大地獄についての説明だ。地獄は八つの階層に分かれており、罪人の罪の重さによって、どの地獄に落とされるのかが変わってくる。詳しくは地獄のパンフレットをよく読むように」

閻魔大王は「秋雨《あきさめ》」と誰かの名を呼び、指をパチンと鳴らす。

すると、秋雨と呼ばれたぽっちゃり系の愛らしい小鬼が俺の前にテチテチとやってきて、

「どうぞです〜」

パンフレットらしきものを差し出す。観光の手引きって書いてあるけど、鬼が人間を石《いし》臼《うす》ですり潰す、地獄らしい残酷な絵が表紙に……

俺はそのパンフレットを恐る恐るめくってみた。

第一階層・等活地獄《とうかつじごく》

もっとも罪の軽い罪人が落ちる。罪人の責め苦は主に終わりのない殺し合い。

閻魔王宮と大王都があり、ショッピングに便利。運が良ければ閻魔大王に会えるかも。

第二階層・黒縄地獄《こくじょうじごく》

盗みや殺しを行った罪人が落ちる。罪人の責め苦は主に肉体労働と飢えの苦しみ。

肥沃《ひよく》な大地を持ち農園や牧場がある。黒縄料理は地獄の名物！

第三階層・衆合地獄

盗みや殺しに加え、色欲に溺《おぼ》れ罪を犯した罪人が落ちる。責め苦は主に、恋と裏切り

の苦しみ。
砂漠にオアシス都市が点在しており美男美女が多い。ただしおさわり厳禁。
第四階層・叫喚地獄《きょうかんじごく》
盗みや殺しに加え、酒に溺れて罪を犯した罪人が落ちる。責め苦は主に水攻め。
巨大な湖があり、鬼たちの癒《いや》しのリゾート地。遊園地もあるよ。
第五階層・大叫喚地獄《だいきょうかんじごく》
盗みや殺しに加え、人を騙《だま》した罪人が落ちる。責め苦は主に針千本。
巨大な鬼のカジノがあり、一攫千金《いっかくせんきん》のチャンス。負けたら借金地獄。
第六階層・焦熱地獄《しょうねつじごく》
盗みや殺しに加え、邪悪な考えを持つ罪人が落ちる。責め苦は主に鉄板焼き。
鬼たちのベッドタウン。これといった特徴はなし。
第七階層・大焦熱地獄《だいしょうねつじごく》
盗みや殺しに加え、女子供を虐げた罪人が落ちる。責め苦は主にマグマ攻め。
火山があってどこより地獄っぽい。地獄を堪能《たんのう》したい方はこちらへ。
第八階層・無間地獄《むげんじごく》
大罪人が落ちる。責め苦は主に悪夢。宇宙が始まって終わるまで転生できない。
彼岸花が咲き誇る静かで美しい場所。

観光用パンフレットなので、大雑把《おおざっぱ》に、簡潔に書いてある。

個人的に気になったのは、最後の無間地獄の、宇宙が始まって終わるまで転生できないという部分なのだが……

「閻魔大王様あ！　緊急事態でございます！」

このタイミングで、また別の、グルグル眼鏡を掛けた小鬼がやって来た。

小柄なのに裾《すそ》の長い立派な着物を着ているせいか、それとも大きな眼鏡の度が合ってないのか、何度か転びながら必死に閻魔大王の御前に向かう。

「どうした春雨《はるさめ》」

「それが、それが」

春雨という名の眼鏡の小鬼は、ぽっちゃり系の小鬼に差し出された水をゴクッと飲んでから、大きく息を吸って、

「第一級大罪妖怪《ようかい》、大魔縁《だいまえん》茨木童子《いばらきどうじ》が、第八階層・無間地獄で発見されましたっ！」

張り切った声で閻魔大王に告げた。

この場で淡々と仕事をしていた書記官たちも顔を上げ、空気が変わったのを感じる。

俺もまた、ジワリと目を見開いた。

大魔縁茨木童子。真紀《まき》が、第八階層の無間地獄にいる――

重大な情報が、こんなところで手に入ったからだ。

「ほお。大魔縁茨木童子……」

閻魔大王は頬杖《ほおづえ》をつき、目を細めた。

「あの大罪妖怪は一度地獄に落ちているが、何かの手違いで現世に転生してしまった。あの時は度肝を抜かされたが、これであの鬼女にも地獄の苦しみを与えることができる」

「ししし、しかしでございますっ、閻魔大王様！」

春雨という小鬼はグルグル眼鏡を押し上げながら、早口で告げる。

「大魔縁は無間地獄にいる上級獄卒から、凄《すさ》まじい強さで逃げ回っているのでございます！　上級獄卒は大魔縁を見失ってしまったとのことぉ！」

「はい？」

首を大きく傾げたせいで、頭の上の大きな冠がズレてしまう閻魔大王。

俺はと言うと、知らぬ間に冷や汗をかいており、手を強く握りしめていた。そのせいで手のひらに血が滲《にじ》んでいる。

詳しい状況はわからないが、真紀はどうやら地獄の獄卒たちから逃げてくれているらしい。まだ酷《ひど》い責め苦にあっているわけではないとわかって、心底ホッとした。

「だが、ならば尚更、急いで彼女を捜しにいかないと……」

「でもでも、無間地獄から抜け出すのは至難の技。徹底して捜せば、見つけ出せないはずはありませぬ～」

「そうですとも！ 何と言っても無間地獄に勤務できるのは選りすぐりのエリート獄卒。相手が大魔縁茨木童子であろうとも、そう簡単にやられるはずがないのであります！」

小鬼たちがわちゃわちゃして言うことに、閻魔大王はしれっと聞き返す。

「でも逃げられたのだろう？ 上級獄卒は一体何人やられたんだ？」

「い、今のところ……ざっと二十人はのされた、と」

「はあああ～」

まるで目眩がしたかのようなジェスチャーの後、目の前の文机に、ペタンと倒れ込む閻魔大王。その姿は先ほどまでの威厳ある姿ではなく、街中をぷらぷら歩いていたあの姿を彷彿とさせた。

「ここ最近、手応えのある罪人が落ちてこなかったから、我々は平和ボケしてしまっているのかもしれない。武器も何も持ってない罪人にやられてしまうって、なにそれ。ヤバイって。それでも私の見込んだ上級獄卒なのか……？」

口調からも、威厳が引き算されてしまった。

「仕方がありません。相手はあの極悪妖怪なのであります」

「さらには同族の鬼なのです〜」

小鬼たちが同志を必死にフォローしつつ、素を晒《さら》しつつある閻魔大王をなだめている。

しかし閻魔大王はガバッと起き上がり、両手を掲げて怒っていた。

「仕方がないも何もない！　どうすんだ、今後もっとヤバい連中が地獄に落ちて来たら！　停戦中の常世《とこよ》、平和な隠世《かくりよ》はまだいいとして、現世では無間地獄落ち確実な大妖怪たちが、事を起こす兆しがあるというのに！　こう、どかーんと罪人たちが落ちてくるかもしれないのに！　やはりいい鬼材をしっかり確保し、育成するしか手はないな……」

必死な形相で何かを唱え続ける閻魔大王。その言葉の中で、気になる部分があった。

現世では大妖怪たちが事を起こす兆し……

それはミクズたちのことだろうか。地獄にも地上の情報が伝わっているのか。

「で、閻魔大王様」

「いかが致しましょう〜」

小鬼が二人揃って、可愛らしく小首を傾げた。

「いかがも何もない！　さっさと見つけて、あの鬼女に終わりのない責め苦を味わわせてやれ！」

「しかし上級獄卒たちは勤務時間を終えてさっさと宿場に戻ってしまっていて……」

「ああっ、そうだった！　働き方改革したところだった〜」

閻魔大王は頭を抱え、目の前の書類に何かを必死に書き連ね、大きな判子をバンバン押しまくっていた。

何というか、地獄も色々大変だな。

「あ、外道丸。お前はもう下がってよい。衆合地獄で頑張ってね、マジで」

「は、はあ……」

しっしっと、この部屋から追い払われてしまった。

これ以上はもう、閻魔大王は俺に構っている暇などなさそうだ。


「外道丸さん。あなたには獄卒№135489が与えられます〜。管轄は第三階層・衆合地獄です〜。こちらは制服と脇差です〜。獄卒には銃刀の所持が認められます」

ぽっちゃりした小鬼の秋雨が、俺にナンバーカードと獄卒の制服を与えてくれた。

制服は、やはりどこぞの看守服のようだった。

帽子もあって、ちょっとかっこいいかも。

「あ、わたくしは書記官見習いの秋雨と申します〜。他に何かご質問などございますか？」

「その……一番下の無間地獄に行くには、どうしたらいいんですか？」

「え??」

首を傾げ固まった、書記官見習いの秋雨。

ゆるキャラみたいな見た目のくせに、そのままスーッと真顔になっていく。

え。何この子、怖い。

「ええっと、その、ほらさっき、悪い鬼が無間地獄で逃げているって話をしてたじゃないですか。それで少し興味があって。観光用パンフレットがあるくらいだから、見物できるのかなーって」

何か地雷を踏んでしまったのかと思い、俺は慌てて言い訳をした。

秋雨は数秒の沈黙ののち、またニコリと愛らしい笑顔になる。

「第七階層までは観光プランも充実しており誰でも行くことができますが、最下層の無間地獄に行けるのは閻魔大王様と上級獄卒、そして大罪人だけです〜」

俺はこの流れで、もう一つ問う。

「これも例えばの話なんですけど、勝手に無間地獄に行ったらどうなりますか？　という か行けますか？」

「まず不可能な話なのです〜。無間地獄へと行くには、第七階層より、特別な列車に乗らなければなりません。その列車には、上級獄卒の資格を持つ者しか乗り込めない仕組みなのです〜」

なるほど。俺の場合、無間地獄に行く唯一の方法は、上級獄卒になることだけなのか。

「どうすれば、上級獄卒になれるんですか？」

俺は、少し真面目な口調で問いかけた。

秋雨は、俺に獄卒としてのやる気を見たのか、丁寧に答えた。

「まずは配置された部署で結果を出すことが重要です〜。そこの階層長に認められ、上級獄卒の推薦状をもらい、試験を受けます〜。これがとても厳しい試験です〜。受かるには百年かかると言われてます〜」

「え」

「でもでも、今は凶悪な大罪人が無間地獄で暴れているみたいですし、多くの募集がかかるやもしれません〜。外道丸さんもチャンスですよ〜」

「……はい」

俺は絶望していた。

今すぐにでも真紀を助けに行きたいのに、上級獄卒になるには厳しい試験を受けなければならない。試験を受けるだけでも条件があるというし、俺はいったい、いつ上級獄卒になれるのだろうか。

そんな悠長な時間は、真紀にも、現世に残る者たちにもないというのに。

「あの、最後にもう一つだけ、聞いても良《い》いですか」

「何なりと」

「無間地獄に落ちた大罪人の責め苦とは、いったい何なのですか？」

この問いかけに対して、秋雨はなぜだか瞳をキラキラとさせて、前のめりになりながら説明をする。

「それはもう、辛《つら》く厳しい責め苦ですぅ〜っ。無間地獄のそれは他の階層の責め苦と違って、肉体的な痛みを与えるような責め苦ではありません〜っ。というのも、無間地獄に落ちるような者に、肉体の痛みはあまり効果がないのです〜」

「だ、だったら、いったいどんな責め苦を……」

秋雨は、僅《わず》かに鬼らしい、悪い顔になった。

「……精神的な責め苦ですよ。無間地獄では、生前の幸せな記憶や思い出したくない記憶を、夢の中で繰り返し見るのです」

これを語る時、秋雨の声音はやけに低く、笑顔にも影がある。

ゆるキャラみたいな見た目だからこそ、一層不気味だ。

「そ、それが、責め苦なんですか？」

話だけ聞くと、他の階層の責め苦の方が残酷に思えるのだが。

「ええ。幸福と絶望。この両極端な夢を見せられ、生前のトラウマを何度も何度も実感することで、罪人は酷い虚無感に襲われ、人格や記憶を徐々に削り取られてゆくのです」

「え……」

「そう。何度も何度も」

「…………」

「何度も何度も、悪夢を繰り返す。彼岸の花が、咲く場所で」

秋雨の、その幼気《いたいけ》な瞳は、鬼らしい静かな狂気に満ちていた。

俺は固唾《かたず》を呑《の》む。そして密《ひそ》かに震える拳《こぶし》を握りしめた。

真紀にとっての幸せだった頃の夢、そして絶望の記憶は……

「それでは外道丸さん。獄卒としてのお勤め、頑張ってくださいね〜」

小鬼は礼儀正しく頭を下げ、テチテチと、閻魔大王の間へと戻っていった。

俺はというと、新人獄卒としての初期装備を抱えたまま、立ち竦《すく》んでいる。

こんな場所で、何をやっているんだろう、俺は。

すぐに真紀を助け出せると思っていたわけではない。

しかし獄卒になりに来たわけでもない。

俺が悠長にしている間に、真紀は地獄の最下層で、辛い記憶に苛《さいな》まれている。

それなのに、すぐに駆けつけてやれない……

この世界では何の力もないちっぽけな自分に、焦りばかりが募っていた。

その日は、王宮の隣にある新人獄卒のための宿舎に泊まった。

そこには鬼がぞろぞろいて、まだ若い現地の鬼だったり、異界から就職先を求めてやってきた猛者《もさ》のような鬼もいた。

どの所属になるか決まっている者、まだ決まっていない者など、色々だ。

異界からやって来た鬼は、やはり基本的に、その場所に居場所や仕事がなくて地獄にやって来たのだと言う。どうやって地獄のことを知ったのかと聞くと、

「ほら、あれよ。地獄から派遣された獄卒がいるだろ。なんだったっけ、派遣特務獄卒？あいつらは異界の鬼に、地獄への行き来を教えてくれるんだ。要するにスカウトマンさ。お前もあいつらにスカウトされたんだろ？」

「いや……」

何それ。そんな奴らのことは知らない。

だが、鬼を地獄の獄卒にスカウトする連中がいるってのには、驚いた。地獄はそんなに人手不足……いや、鬼手不足だったのか。

獄卒という仕事に希望を抱いてここにやって来た鬼たちに、美味《うま》いと噂《うわさ》の酒を勧められたが、俺は一応まだ高校生なので、理性を強く保ってそれを断った。

こういう、わけのわからない状況に陥った時は、余計に酒が飲みたくなる。

酒呑童子という名前は、酒飲みだったから付いたはずなのだが、俺はこんな地獄でも、現世の法を頑《かたく》なに守ろうとしていたのだった。

「鬼なのに酒が飲めねえなんて情けねえな！」

「兄ちゃん出世しねーよ、ガハハ」

酒臭い鬼のおっさんたちに絡まれるのと、酒の匂いに酔ったのもあって、俺は一度、宿の外に出た。風にでも当たれば少しは気も紛れるかと思ったのだ。

だが地獄の風は硫黄《いおう》の匂いが混じっていて、余計に酔ってしまいそうだ。

「おい、酒呑童子」

「叶……っ⁉」

宿舎の裏手に植わっている柳の木の下に、叶が佇《たたず》んでいて驚いた。

こいつは本当に、突然姿を現すな。そしてやはり、お公卿《くぎょう》姿だ。

「お前、どこ行ってたんだよ！　俺をあんな場所に置いていきやがって」

まるで生き別れた親か兄弟かという勢いで、俺は叶に駆け寄る。

叶の奴は嫌味ったらしくニヤニヤしていた。

「まさか酒呑童子ともあろう者が、ひとりぼっちで寂しかったのか？　俺は先回りして、色々な手を打っていただけだ」

「手……？　な、何だそれは」

「色々、だ」

やはり詳しいことは教えてくれない。

まあいい。こいつが秘密主義なのはいつものことだ。

「そもそも異界で一人きりだからといって、お前がそう簡単にくたばるはずもない。現に早速、安定した職を手に入れたようじゃないか」

「地獄で安定した職についてどうする！」

確かにアルバイト三昧《ざんまい》の日々だったので、こういう時の身の振り方は熟知しておりますが！　下っ端気質全開ではありますが！

「しかし大変なことになったぞ、叶。真紀は最下層の無間地獄というところにいる。無間地獄には、上級獄卒しか行くことができないらしい」

「ああ、その通りだ。お前はここで上級獄卒の資格を取り、茨姫《いばらひめ》を迎えに無間地獄へと行く必要がある」

叶はすでに、全てを承知のようだった。

「だが……っ、上級獄卒になるのに、百年はかかるって聞いたぞ！　それに俺は、そもそも人間だ！」

「その点は問題ないと言っていい。地獄ではお前は鬼でしかないし、地獄の時間の流れと、現世の時間の流れはかなりズレている。ここでのひと月は、あちらでの一時間でしかない」

「え？　そうなのか？」

「そうなのだ。だから安心して上級獄卒を目指せ。お前ならきっとすぐに取れるだろう。

……言っておくが鬼じゃない俺にも取れた資格だ」

「…………」

そう言えばこいつ、人間のくせに地獄で平然としている。

地獄で唯一生きていられるのが鬼と聞いていたんだけど、早速何かがおかしいぞ。

「それと、もう一つ。大事なことをお前に言っておこう」

「大事なこと？　それは何だ、叶」

「お前と茨木《いばらき》真紀にとって大変なのは、あの女を無間地獄から連れ出した後だぞ」

「……連れ出した後？　それは、真紀を迎えに行ったところで、現世に連れ戻せないって
ことか？」

叶はふっと、真面目な顔つきになった。そして低い声音で告げる。

「あの女は〝大魔縁茨木童子〟として、すでに閻魔大王によって無間地獄行きの判決を言い渡されている大罪人だ。閻魔大王は少々適当に見えるかもしれないが、地獄の法律を重んじており、それは遵守する。判決を覆すのは容易ではない」

「だが、それは前世の罪だろう。あいつはもう人間だ！」

俺は叶に摑《つか》みかかり、切実に訴えた。

「そもそもあいつが大魔縁茨木童子なったのは、俺のせいだ！　どうしてあいつばかりが罪に問われなければならない……っ、いっそ俺を裁いてくれよ！」

「…………」

こいつにそれを願ったところで、仕方がないのはわかっている。

だが俺は、自分の中にあるモヤモヤとした葛藤、焦りを、前世の仇《かたき》のような男に吐き出してしまいたかった。

「そうだ。あいつを救うことができるのは、きっとお前だけだ」

何も答えちゃくれないと思っていた叶が、思いのほか熱のある口調で、そう言った。

俺はゆっくりと顔を上げる。

「全ての審判を覆すには、茨木真紀が今、真っ当な〝人間〟であることを主張する必要がある。そして人間として、何を為《な》すことができるのか……」

人間として、何を為せるのか……？

「まずはお前が、この地獄で結果を出し、上級獄卒となって閻魔大王の信頼を積み重ねるしかあるまい。そして茨木真紀の判決に対し異議を唱えるのだ。遠回りに思えるかもしれないが、これが茨木真紀の未来を救いきるための、一番の近道なのだ」

「真紀の未来を救いきる……だって？」

叶は、それこそが一番大事なのだとでも言うように、頷《うなず》いた。

「ここで判決を覆さない限り、茨木真紀の魂は元の体に戻ることはない。茨木真紀を茨木真紀のまま助けたいのなら、お前もやるべきことをやれ」

　試すような目で、この男は俺を見ていた。焦ってばかりいる俺を。

　だが俺には、叶の話で、どうにも一つ引っかかることがあるのだった。

「……待て、叶。お前に一つ聞きたい」

「何だ」

「大魔縁茨木童子は、以前も一度、地獄に落ちているのだろう？　なら、どうして現世に転生することができたんだ？　あの、茨木真紀に、だ。地獄の判決を覆す必要があったなら、どうして」

「…………」

　叶は何も答えず、僅かに視線を逸《そ》らす。

　その反応で、俺は確信した。

「前回は、お前が地獄でそう働きかけたんじゃないのか？　お前は〝泰山府君祭《たいざんふくんさい》〟……死者を蘇《よみがえ》らせる秘術を心得ていると、以前由理《ゆり》が言っていた」

「ふっ、泰山府君祭、か」

　叶はその術の名を聞き、なぜか鼻で笑う。

「それでは、元の体に戻ることはない」

「……は？」

「茨木真紀ではなく別の何者かに転生させるだけでいいのなら、俺が泰山府君祭を執り行ってやる。そうすれば茨姫の魂は、茨木真紀ではなくとも、別の誰かとして再び現世で生まれてくるだろう。赤ん坊のあいつを見つけ出し、お前がひたすら、待ち続けることになるがな」

ジワリと目を見開いた。

そして、叶の話をよくよく考えてみて、恐ろしくなった。

なるほど。そういうことか。

泰山府君祭とは、死者を転生させることしかできない。

たとえそれが茨姫の魂であっても、真紀が真紀でなくなる。今、かろうじて命を繋《つな》いでいる真紀は、死んでしまうということだ。

「泰山府君祭とは、閻魔王宮にある転生システムに、ちょっとした介入をする術だ。泰山府君とは閻魔大王の別称でもあるからな。……こんなのは最後の手段でいい。お前はまだ、茨木真紀を諦めてはいけない」

「まさか叶、お前、真紀のために……」

「あの女の為《ため》じゃない。だが、あの女がいなければ、成り立たない状況というものがある。

だからあの女を、暴力的で厚顔無恥な、高飛車女子高生の茨木真紀のまま、蘇らせる必要があるのだ」

「…………」

何だろう。

自分の前世の妻、現世の恋人をそこまで言われても、言い返せない説得力がある。

「……わかった。俺はここで上級獄卒を目指す。必死に働いて、結果を出せるだけ出してやる。あいつを取り戻すことができるのなら、俺はなんだってやるさ」

気がかりはまだあったが、俺は、叶の言うことを信じてみることにした。

今できることを必死にやって、真紀に向かって、手を伸ばし続ける。俺にはもう、それしかないのだ。

「おい、叶。最後に一つ質問だ」

「何だ。お前は本当に質問の多い奴だな」

「ふん。聞いたところで、どうせマトモに答えちゃくれないんだろ、お前は」

それでも俺は、僅《わず》かに呼吸を整えてから、今懐《いだ》いている、最も大きな疑問を投げかけた。

「お前はいったい何者なんだ。どうしてここでは小野篁と呼ばれている。なぜ地獄の転生システムなんかに介入できる。……お前は、お前は確かに、安倍晴明《あべのせいめい》だったはずだぞ」

叶はしばらく黙っていたが、やがて、スッと視線を上げる。

そして地獄の夜空を見上げながら、ぬるい夜風に金髪をなびかせる。

叶にしては、情緒のある表情だった。

「お前が上級獄卒になったあかつきには、それを教えてやろう。俺とミクズの因縁もな」

「え……」

「どのみち、今のお前では理解できん」

「んなっ！」

何も答えてはくれないとは思っていたが、このやろう、嫌味を吐くことだけは忘れない。

俺が口をパクパクさせていたら、叶は俺をこの場に放置し、スタスタと立ち去ったのだった。

《裏》茜、そのころ京都では。

天酒馨《あまさけかおる》と叶《かのう》さんが、冥土通《めいどがよ》いの井戸《いど》に飛び込んで、地獄《じごく》へと落ちた後のこと。

俺、津場木茜《つばきあかね》は京都陰陽局《おんみょうきょく》の連中に包囲され、すっかり身動きが取れなくなっていた。

「津場木茜、もやは抵抗は無意味だ。大人しく我々に――って、わ!」

さっきから俺に向かって拡声器で喚《わめ》き散らしていた京都陰陽局の男から、別の者がそれを奪った。

「そこらへんにしておけ。我々の茶番もこれまでだ!」

誰だ。京都陰陽局の退魔師らしい狩衣《かりぎぬ》だが、他の者たちと違って赤い衣を纏《まと》っており、長身だがハキハキした女の声だった。

「津場木茜君、君もだ」

「……ったく、ほら、刀も仕舞う。もうお前たちを止める必要もねえからな。あいつらは無事に、地獄へ行っちまったぜ」

俺は刀を鞘《さや》に仕舞い込み、両手を掲げてみせる。

してやったり、という笑みを浮かべて。

しかし女の退魔師は、近い場所で、拡声器を通したでかい声で宣《のたま》う。

「ああ、そうだな。しかしそれでいいのだ！」

「は？　つーか声でけえよ」

こいつら……俺たちを止めようとしていたくせに、あの二人が地獄へ向かったことに対し、焦っているようには見えねえ。

「急いでここを離れよう。じきに源《みなもと》家の連中がここに来る。あの連中は決して、酒呑童《しゅてんどう》子《じ》や茨木童子《いばらきどうじ》、そして二人に加担した君を許しはしないだろうからね」

「お前……」

最初はわけがわからなかったが、徐々に俺の頭も冷静になってくる。

これはまた、京都陰陽局のややこしい事情に巻き込まれてしまった感じだぞ。

「わかったぞ、お前、土御門《つちみかど》家の人間だな」

「ふふ、ご名答」

「そして俺はお前に昔、会ったことがある。お前は、そう……土御門カレンだ」

拡声器を持った狩衣の女は、俺に名前を当てられたからか、顔につけていた紙のお面を取った。

その女は、目鼻立ちのはっきりした、どこぞのモデルにいそうな美人で。

「久しぶりだね、津場木茜君。私のことを覚えていてくれて光栄だよ。なんせ、前に会ったのは幼稚園児の時だから。だいぶ大きくなったなあ、そして相変わらずの見事なオレンジ頭だ！」

目の前の女は眉尻《まゆじり》を上げたまま、ニコと思い切りよく笑う。

俺は冷や汗を垂らしつつも、警戒心を強めた。

「この件については、源家と交渉しなければと思っていたんだが……まさかの土御門家の次期当主様がお出迎えとは、驚いたな」

「ふふ。源家とのやり取りはオススメしないよ、津場木君。奴らは絶対に酒呑童子と茨木童子を認めるわけにはいかないからだ。源家の英雄の生まれ変わり……その存在だって、半分は酒呑童子というじゃないか」

「…………」

「しかし、何という因果だろうね。英雄と大妖怪《ようかい》の、両方の魂を抱え込んだ少年が存在していたとは。源家の連中はこれを恥と受け取るだろう。たとえ、偉大な先祖の生まれ変わりであっても、その少年を認めやしないよ」

こいつ……すでに来栖《くるす》未来《みらい》の情報を、それなりに持ってやがる。

「はっ。お前たち土御門家が、叶さんを安倍晴明《あべのせいめい》の生まれ変わりだと認めないように、か」

「わかりやすいたとえなので、その通りと言っておこう。しかし私は、叶冬夜《とうや》とはそれなりに仲良しだ。同じ一族にいても、頭の固い老人たちと、次世代を担う若者たちとでは、考え方が少々異なっているのだよ」

土御門カレンは拡声器を別の退魔師に渡すと、後ろ手を組んで、そのように述べた。

俺とそう変わらない年齢だったと思うが、この若さにして圧の強い存在感は、流石《さすが》に土御門家の次期当主というだけある。

「なるほど。土御門カレン。あんたの意図が見えてきたぞ。俺にいち早くコンタクトを取った理由は、そこにあるのか」

「もちろん。そもそも君たちの情報を私に流してくれたのは、君の上司である青桐巧《あおぎりたくみ》だ。巧叔父《おじ》様は土御門家を出ていった人間だけれど、決して、疎遠というわけじゃないんだ」

巧叔父様……？

そこで俺は、ピンときた。

「そういやあんた、青桐さんの姪《めい》だったか」

「そうとも。ちなみに巧叔父様は私の幼稚園児時代の初恋の相手だ！」

「いや、聞いてねえけどそんなこと……」

つーかあの人、ルーといい、マジでモテるよな。

「では津場木茜。改めて問い直そう。私に何かできることはある？」

俺はハッと顔を上げ、土御門カレンを見た。

どうやらこの女は、俺と交渉する意思があるらしい。俺は一歩前に出る。

「土御門カレン、あんたに頼みたいことがある。例の、源頼光《みなもとのよりみつ》の生まれ変わり……来栖未来のことだ」

「おや、酒呑童子と茨木童子の、生まれ変わりのカップルのことじゃないの？　君はあの二人と、随分仲良しだと巧叔父様に聞いていたんだけど」

「は？　仲良し⁇」

何言ってくれてんだ、青桐さん。

仲良しって何だよ、ガキじゃあるまいし！

いや、今はそんなツッコミをしている場合ではない。

「あの二人のことと来栖未来のことは、繋がっている。切っても切り離せないほどに、絡まり合っている。……ただ、今の俺にできることは、来栖未来のこれからを考えてやることだけなんだ」

土御門カレンは俺を見て、何を思ったのか、

「ふうん。なるほど」

とだけ呟《つぶや》いた。夜風に、肩で切りそろえた髪をなびかせながら。

彼女がふと目の色を変え、それに続くように他の退魔師たちが顔を上げた。

俺もまた、異変に気がつく。

「いよいよ源家の連中がやって来るようだ。面倒なことになる前に撤退しよう。津場木君、こんなところでは何だし、うちにおいで。そこでゆっくり話を聞いてあげる」

「…………」

「何、そう警戒するな。関東の名門、津場木家の跡取り息子を取って食ったりしないよ」

土御門カレンは愉快そうに笑った。

俺、そんな強張《こわば》った顔をしてたんだろうか？

しかし、確かに。

これでいいのだろうか、という不安はある。

津場木家と土御門家の繫《つな》がりは、正直浅い。津場木の源流である源家との関係もある。

このまま交渉がうまく行くかどうか……

ただ、こんなところで立ち竦《すく》んでいるわけにもいかないとわかっている。

馨が地獄に飛び込んだなら、俺もまた安全な場所から一歩外に出て、未来の可能性を探った方がいいのかもしれない。

今はもう、そういう局面だ。

平安神宮にほど近い場所にある土御門家の屋敷に招かれ、その一室で、座卓を挟んで土御門カレンと向き合っていた。

障子は開け放たれており、広々とした夜の庭が見渡せる。

津場木家の屋敷もそこそこでかいと思ってたが……

京都の一等地にこれほど大きな屋敷を構えることのできる一族……流石に土御門家は違う。

「それで、津場木君。君はいったい、例の少年、来栖未来をどうしたいと言うんだい」

目の前には地味な着物姿の土御門カレンが座っていて、自分で茶を淹《い》れている。

女の着物を着ると、やっぱり女らしいと言うか。まあ当然なんだが。

「俺は……来栖未来を来年、京都の陰陽学院に入れてやりたい。力も才能もありながら、あいつはその使い方を誤ったまま、悪どい連中に育てられたんだ。ゆくゆくは退魔師になって、あやかしのことや、霊力との付き合い方を知るべきだ。自分の呪いとの、折り合いの付け方も」

「呪いねえ」

土御門カレンは、俺に湯呑《ゆの》みを差し出しながら、

「それは、同じように一族の呪いを引き継ぐ、君なりの同情？」

唇に弧を描き、軽く皮肉を宣った。流石は京女。

ただ俺は、確かにその通りかもしれないとも、思っていた。

「あやかしの呪いの苦しみを理解してやれるのは、きっと俺だけだ。いや、あいつの抱える呪いは俺の比じゃない。あれは前世の業であり、あやかしの憎しみや恨みを源頼光という一人の退魔師に背負わせた、俺たちの先祖の罪でもある。あのままじゃあ、あいつ、生きる希望も気力も失って、ただただ苦しんで……何のために生まれてきたのかも、わからないままだ」

源頼光の生まれ変わり、というだけなら、もっとシンプルだった。

しかし同時に、酒呑童子の魂の半分を背負っている。

顔なんて、本当に馨にそっくりだった。

そのせいで茨木真紀《いばらきまき》を愛してしまったのなら……

愛していながらあいつを斬《き》ったのなら、あいつは今、絶望の淵《ふち》に立っているはずだ。

ひでえ話だろ。

こんなことって、ねえよ。

「呪いとカルマを背負った人生、か」

土御門カレンは伏し目がちのまま、茶を一口すすった。

俺は前のめりになって言う。

「カレンさん、あんたはいつか京都の陰陽局を率いる存在だ。来栖未来の才能や霊力値は、俺が見ても段違いだってわかるんだよ。将来、あいつが立派な退魔師になることは、人材不足が顕著なこの時代、必要不可欠なことだと思わないか？」

土御門カレンはしばらく黙っていた。

様々なことに思惑を巡らせているのだろうが……

「ふふ。いいとも。もとよりそのつもりだった。ただ、土御門家は少々源家とは折り合いが悪い。ぶっちゃけると仲が悪い。例の少年が土御門寄りになることで、あちらの機嫌を損ねることになるぞ。源系である津場木家にとって、そこに問題は無いの？」

湯呑みを持ったまま、小首を傾げる土御門カレン。

俺もまた、腕を組んで渋い顔をして唸《うな》っている。

「いや〜……まあ、じいちゃんには色々言われるだろうがな。下手したら一発殴られる。だけどあんたも言っただろう。年寄りと若者の考え方は違う、と」

いや、じいちゃんを頭の固い年寄り、と言うつもりはない。じいちゃんは話せばわかってくれるはずだ。

ただ、現場を見て、問題に直面している若い退魔師たちの意見が、常にないがしろにされる陰陽局の体質は、俺も疑問に思っていた。

おそらく、この土御門カレンもそうなのだろう。

だからわざわざ、先手を打って俺にコンタクトを取ったのだ。

来栖未来という逸材が、このまま、腐ってしまわないように。

「ふふ、君とは意見が合いそうだよ、津場木茜。来栖未来の件は、全面的に土御門家が請け負おう。……ついでに聞いておきたいのだが、例の酒呑童子と茨木童子の生まれ変わりは、今後、退魔師になるつもりはないの？　来年、君とともに京都に来ればいいのに。今はただの人間というじゃないか。上が何と言おうと、私が何とかするよ」

「あー……それな。いやー、どうかな。あいつら浅草《あさくさ》大好きだし、あの地を離れて京都に来るつもりなんてないんじゃないだろうか。いや、俺も一度、誘ったことはあるんだが」

俺は腕を組んだまま、また唸っている。

そりゃあ、あいつらほどの霊力値があれば、将来かなりの退魔師になれると思う。

だが、あいつらがあやかしを退治する存在になる気は、全くしないのだ。

いや、退魔師とはいえ、現代においてその役目は多岐にわたっているし、あやかしを保護する役目や仕事もあるのだが。

「へえ～、残念。凄《すさ》まじい霊力値と聞いたから、逸材だと思ったのに」

「意外とスカウトに余念がねえな……」

「当然だ。未来の陰陽局のために、優秀な人材は一人でも多い方がいいのでね。たった一人の優秀な退魔師が、戦況を左右するのがこの業界の常識だ。しかしあまりの人材不足に、優秀な者たちほど使い倒されて、過労で死にかけている。優秀な者がタフとは限らないのでね。そういう者たちを定期的に休ませるためにも、人材は多い方がいいのだよ」

「まあ、確かに。あんたの言う通りだよ」

新幹線の中で馨にも話したが、陰陽局の退魔師は今、人材不足に悩んでいる。

そもそもからして霊力値の高い人間が生まれにくくなり、さらにはあやかしが見える人間すら減っている。その中で、退魔の技術を身につけられる人間はごく僅《わず》かだ。

ゆえに、仕事のできる奴ほど仕事量が増え、危険な任務に当たることになる。

陰陽局なんてブラック中のブラックだ。

「津場木君も随分疲れているようだね。連日事件続きと聞いている。天酒馨とやらが地獄より戻るまで、うちで休んでいるといいよ。この部屋を好きに使っていいから」

「あ、ちょっと待ってくれ、カレンさん」

話を終えて立ち上がろうとする土御門カレンを、俺は引き止めた。

もっと大事な話があったのだ。

「もう一つだけ、頼みたいことがある」

土御門カレンは俺の表情を見て、再び着席した。

俺は改めて畏《かしこ》まり、その頼みを告げる。

「京都陰陽局が保管している、宝刀〝童子切《どうじきり》〟を貸して欲しい」

「何……？　童子切を？」

土御門カレンはあからさまに目の色を変えた。柔和な空気が一気に強張る。

それは、陰陽局が保管していながら、どんなに優秀な退魔師であっても扱うことのできずにいた、あやかし殺しの宝刀だ。

「童子切をどうするつもり？　あれは誰にも扱えない危険な代物だ。それに、君はすでに髭切《ひげきり》を任せられているだろう。髭切に嫉妬されるよ」

「いや、俺が使うわけじゃない」

「まさか……」

「ああ。あれを扱えるのは、きっと、来栖未来だけだ」

なぜだか俺は、そう確信していた。

「天酒馨が戻ったら、東京できっと大きな戦いが始まる。あやかしと人間の戦いだ。もしかしたらもう、始まっているのかもしれない。童子切は、あいつらの因縁に決着をつけるためにも、必要な刀なんだ」

天酒馨、茨木真紀、そして来栖未来……

奴らを繋ぐ前世の因果の全ては、童子切という刀が、酒呑童子という鬼の首を斬ったことにより始まった。

そして絡み合った因果を利用し、悪事を働いているのがミクズという狐《きつね》のあやかしだ。

ならば、終わらせなければならない。

ここで、断ち切らなければならない。
誰もがそのために戦っている。
だから俺は、来栖未来にも、自分のために戦って欲しいと願っている。

《裏》 由理、そのころ東京では。

馨《かおる》君と叶《かのう》先生、それに茜《あかね》君が、真紀《まき》ちゃんの魂を救うために浅草《あさくさ》を発《た》った翌日の早朝。

僕、夜鳥由理彦《やとりゆりひこ》は、東京陰陽局《おんみょうきょく》のオフィスビルの屋上にいた。

「京都では色々あったが、晴明《せいめい》と天酒馨《あまさけ》は、無事に地獄《じごく》へと落ちたぜ」

ちょうど今、叶先生の式神である玄武《げんぶ》さんによって、連絡が届いたのだった。

「でも、地獄に落ちて、無事にっていうのもおかしな話ですよね」

僕はため息交じりに呟《つぶや》いた。

真紀ちゃんは相変わらずの眠り姫。

グリム童話の眠り姫は、確か茨姫《いばらひめ》という名前だったっけ。

本当にその物語の通りになってしまった。おとぎ話の通りなら、お姫様は王子様のキスで目覚めるけれど、今回の王子様は、どうやら地獄まで、お姫様の魂を救いに行かねばならないらしい。

僕らはその帰りを、ただ待っていることしかできないのだ。

「ところで玄武さん。僕は知らなかったのですが、叶先生って、安倍《あべの》晴明だけではなく、小野篁《おののたかむら》でもあったんですか？」

「は？　なんだお前、知らなかったのか？」

「知りませんよ、そんなこと。小野篁は藤原公任《ふじわらのきんとう》より前の時代の人物ですよ」

ただ、叶先生が冥土通《めいどがよ》いの井戸《いど》の話を出した時、ピンときたのだった。

そういえば、平安時代に冥土通いの井戸を通って、地獄と関わりのあった有名な公卿《くぎょう》がいたな、と。

千年前の僕らの時代が、ただ〃安倍晴明〃だったというだけで……あの人にはいくつもの顔があるのだ。

「はあ〜。色々あって頭が痛いです。叶先生、人間離れしすぎですよ、流石《さすが》に」

僕は頭を抱えた。

「……まあ、俺たち四神があいつの式神になったのは〃安倍晴明〃の時代だから、それ以前のことは俺も知らないがな」

玄武さんも、珍しくしおらしい反応だった。

だがすぐに、いつもの無駄に高いテンションになって、

「ハッ。だからって何も変わらねえ！　俺たち式神は、ただあいつの命令に従っていればいいのだ。四神はこれから、晴明に言い渡されていたミッションを開始する」

僕に向かって、ビシッと指を突きつけ、命令した。

「鵺《ぬえ》、てめえはここで、臨機応変に対処しろ。ミクズがどう動くかわかったもんじゃねえし、東京全域きなくせえからな。サボってんじゃねえぞ！」

「……僕がサボってることなんてありましたっけ？」

玄武さんが、さも僕がサボりの常習みたいに言うので、首を傾げた。

「ハッ、抜かせ。てめえはいつも全力を出さねえから、サボって見えるんだよ」

酷《ひど》い。玄武さんのパワハラは相変わらずだ。

「さあ、任務開始だ！大暴れしてやる！」

でかい声で宣言したかと思うと、玄武さんは大胆にもオフィスビルの屋上から飛び降りた。まあ一応あれでも神格持ちだし、死にはしないと思う。

「鵺様、いいですか」

「水連《すいれん》さん」

屋上に水連さんがやってきた。

どうやら僕に、京都チームの状況を聞きに来たようだ。

「安心してください、水連さん。馨君は無事に地獄へ行けたようですよ」

「そうですか……。まあ、馨君には地獄に落ちてでも、真紀ちゃんを連れ戻してもらわなければいけませんからね。むしろそれだけが、あの男のできる罪滅ぼしなわけですから」

水連さんは、少し棘《とげ》のある言い方をする。

僕は、真紀ちゃんがこんなことになっても誰より冷静に見える水連さんを、横目で見上げた。

「水連さん。あなたはやはり、どこまでも真紀ちゃんの眷属ですね」

「そりゃそうです。俺にとって馨君は、真紀ちゃんのオマケなだけですから。真紀ちゃんがいてこその馨君なわけですから。鵺様にとっては、馨君も真紀ちゃんも同等に大切なんでしょうがね。あなただったら……馨君には何の罪もないと言い切れるのでしょうが、俺には到底無理なのです」

水連さんは、そう、はっきりと言った。

いっそ清々《すがすが》しいと思う。だからこそ馨君は水連さんを信用して、真紀ちゃんを任せて京都へ行くことができたのだ。

ただ、水連さんの言うように、僕にとっては二人とも同等に大切な親友たちだ。

「……そうですね。僕にとって馨君と真紀ちゃんは、比べようのない存在です。ですが、二人が揃っていないと意味がないという感覚は、わかっているつもりです」

どちらかが残ってしまうなら、いっそ二人とも……

そんな風に思ってしまうほど、二人は共にいなければならない、運命の番《つがい》だ。

そして、片方がいなくなった時の脆《もろ》さや危うさを、僕たちはもう知っている。

特に水連さんは、悪妖《あくよう》化した茨姫・大魔縁《だいまえん》茨木童子《いばらきどうじ》の最期を見送った眷属だと言う。

僕以上に、その想いは強いのではないだろうか。

「それにしても……なんか、雲行き怪しくないですか？」

ビルの屋上から、水連さんが空を見上げた。

「水連さんも気がついていましたか？　僕もさっきからずっと、東京の空気が、少し濁っている気がしていたのです」

そう。玄武さんも言っていたけれど、妙なきな臭さがある。

人間には、いたって普通の曇り空に見えるかもしれない。

だけど僕らは曇り空に隠れて揺蕩《たゆた》う、妖気の流れを見ることができる。

「もともと澄んだ空気とは言いづらい土地なので、うまく隠されていますが……それでもやはり、禍々《まがまが》しい妖気の匂いがします」

さらに、その妖気の流れは、浅草の方角に向かって流れている気がする。

ここからではよくわからないが……

「ねえ鵺様。俺、すっごく嫌な予感がするんですよ。敵からすれば、真紀ちゃんと馨君の両方を、一時的に東京から追いやることができたわけでしょう？　俺が敵で、更にミクズ並の悪いあやかしなら、この隙を見逃したりはしませんよ」

水連さんは目を細めて、濁った空を見据えている。

「……ですね。やはりミクズが動きますか」

「ミクズだけじゃない。真紀ちゃんと馨君……茨木童子と酒呑童子《しゅてんどうじ》がいたことで、東京は大妖怪にとって悪さのしづらい土地でした。あの二人は悪意あるあやかしにとって抑止力だったわけですから。ミクズがそういうものたちを焚《た》きつけ、暴れている間に、自分の目的を果たそうとするかもしれない」

確かに、その恐れはある。

そして今、東京でミクズが事を起こしたら、それを僕らが止めるのは難しい話かもしれない。あちらにはS級妖怪や、SS級妖怪の仲間がいるらしいから。

「ミクズ……彼女の目的はいったいどこにあるのでしょう。僕はつい最近、直接聞いたことがあるのですが、彼女はただこう言いました。あの国を復活させるまで死ぬつもりはない、と」

真紀ちゃんと馨君が、法事で大分に行っている間に、ミクズがカッパーランドに現れた。

その時、僕は彼女の目的を聞き出したのだった。

「国、か……」

水連さんは顎に手を添えて、少し考える。

「ミクズは常世《とこよ》の九尾狐《きゅうびこ》らしいじゃあないですか。実際に、かつて常世の毒酒を使って、大江山《おおえやま》のあやかしの国を滅ぼしたわけですから」

「ええ……」

常世──それは現世《うつしよ》とも隠世《かくりよ》とも違う、人とあやかしが長年争ってきた異界だと聞いたことがある。

常世という世界で、あやかし側の頂点に立つのは九尾狐の一族だという。

しかし人との争いにおいて、現在あやかし側は劣勢を極めているとか……

もしかしたらミクズの行動の裏側には、常世の覇権争いが絡んでいるのかもしれない。

「だからといって、異界の事情を現世に持ち込まれては困ります。現世は人が覇権を握る世界。これはもう、どうあがいても覆らないし、覆してはいけない秩序です」

僕はビルの屋上から、この大都市を見渡す。

高層ビルに囲まれて、コンクリートの地面を踏みながら、人々が忙《せわ》しなく行き来しているのが見える。そう、これが現世。これが人の世。日本なのだ。

「かつて人の世をあやかしの世に覆すだけの力を持っていながら、そうしなかったあやかしがいました。国造りの力を持った酒呑童子という鬼です。しかし酒呑童子は、あやかしたちが平和に暮らせる居場所が欲しかっただけで、人との争いを望んではいなかった」

「そう。それですよ、鵺様」

水連さんが、人差し指を立てて言う。

「だからミクズは、大江山を裏切ったのではないでしょうか。酒呑童子が、人の世の覇権を取ろうとしなかったから」

僕はジワリと、目を見開いた。

水連さんの推察は、ミクズの行動や目的を、十分に裏付けるものだと思ったからだ。

「なるほど。やはりミクズは、現世にあやかしの国を築きたいのかもしれません。そしてミクズにとって、今世は絶好のチャンス。何せ酒呑童子の魂を持つ人間が、二人も転生しているのです。どちらかを手に入れたなら……」

いや待て。だったらなぜ、来栖未来《くるすみらい》を切り捨てた。あんな風にあの子を追い詰めて、真紀ちゃんを斬《き》らせておいて、今はもう見捨てたも同然の扱いだ。

やはり、実際に酒呑童子の力を引き継いでいるのは馨君の方で、ミクズの狙いは馨君にあるのだろうか。

しかしミクズに馨君は操れない。

傀儡《かいらい》の術が酒呑童子に効いたなら、大江山時代に、とっくにそうしているだろうし……

「もしや……酒呑童子の首、でしょうか」

「!?」

水連さんはハッと顔を上げた。

もともとミクズは、その首を使って、酒呑童子を復活させようと目論《もくろ》んでいた。

だから真紀ちゃんは、京都でミクズと対峙《たいじ》し、その首を取り戻そうとして戦ったのだ。

「これは推測に過ぎませんが、例えば酒呑童子の首さえあれば、ミクズの目的は果たされるのかもしれません」

「ですが鵺様。酒呑童子の首は、今もまだ京都陰陽局が保管しているのでしょう？　いくらミクズでも、京都の退魔師どもから首を奪取するのは、相当骨が折れるのでは？」

「そう思いたいですよ、僕は」

ありえない話に思えるが、相手はありえない事を多々やってのけた女狐《めぎつね》だ。

こちらも、ありえない状況を事前に想定していなければ、あの女狐の悪巧みには、到底追いつかない。

「お、おい水連！　あ、鵺様」

真紀ちゃんの眷属の一人である八咫烏《やたがらす》の深影《みかげ》君が、ばたばたと慌てた様子で屋上にやって来た。

「どうしたの、ミカ君」

「た、大変だ！　京都の陰陽局に、ミクズの一派と思われるあやかしが奇襲を仕掛けたそうだ。そして……っ、酒呑童子様の首が、奪われたらしい！」

「なっ⁉」

ほら、来た。

僕らが真相に近づきつつあった、この局面で。

敵もまた、僕たちを待ってはくれず、先手を打って動いている。

「はあ〜。これから鵺様を預言者と呼びます」

水連さんも、これには流石《さすが》に、驚きを隠せないようだった。

「よしてください。何とかミクズの悪巧みに追いつこうとしているだけですから。しかしまだ、僕らは数歩も遅れている」

思惑を先読みしようと思っても、敵はそれすらものともせず、僕らを簡単に欺《あざむ》く。

「どうします、鵺様」

「僕はまず、浅草に行ってみようと思います。嫌な予感がするんです」

この屋上で、僕は鵺の姿に変化した。

玄武さんにも臨機応変に対処しろと言われているし、まずは一番気がかりなところを確認しに行きたい。

「それに、浅草を頼むと馨君に言われていますから。ついでに叶先生にも」

真紀ちゃんと馨君が戻って来た時、二人の大好きな浅草がちゃんとそこにあるように、僕は努めなければならない。

それに、浅草に住む人々やあやかしたちが心配だ。

僕の、以前の家族だって浅草にいる。

鬼獣《きじゅう》姉弟や浅草地下街の大和《やまと》さんたちがいるとはいえ、地下にはあやかしたちが行き来する狭間《はざま》結界が緻密《ちみつ》に張り巡らされており、ミクズがそこを拠点として事を起こす可能性も高い。もしかしたら、すでに奴らの手が回っているのかもしれない。

「水連さんは真紀ちゃんの魂が戻るまで、彼女から決して離れないでください。そして陰陽局の青桐《あおぎり》さんには、来栖未来の警護を一層固めるように、と。何があるかわかりませんから」

水連さんは「わかりました」と答え、着ていた羽織《はおり》の袖を合わせて僕に頭を下げた。

そして深影君を連れて、急ぎ足でこの場を立ち去る。

水連さん……

千年前と違って僕に立場などないのだから、そんなに畏《かしこ》まらなくていいのにとも思うけれど、力のあるあやかしにとって千年という月日は、長いようで短い。

現在進行形で、千年前の因縁が絡みに絡まり合い、大きな騒動を引き起こそうとしているのだから。

「鵺。オレも浅草に向かおう」

その時だった。いつの間にかこの屋上に、一角の吸血鬼である凛音《りんね》君がいた。

「凛音君？」

「少し調べていたのだが、浅草の地下に張り巡らされた、あやかしたちの狭間結界内の様子がどうもおかしい」

凛音君は昨晩からずっと姿を見せなかったので、何処《どこ》かへ一人で行ってしまったのだと思っていたのだが、誰より早く、浅草の様子を見に行っていたのか。

「でも、いいのかい。真紀ちゃんの側にいてあげなくて。君は真紀ちゃんの眷属《けんぞく》になったんだろう？」

「今のオレに、あの方の眷属を名乗る資格などない。あの方の側に居ながら、守ることができなかった」

凛音君の声は低く抑揚がない。元気がないとも言える。

今回の事件は、吸血鬼騒動の延長線上にある。凛音君は自分を責めているのだろう。

もともと凛音君は、自分を悪者に仕立てながらも真紀ちゃんを守り、現在の脅威を真紀ちゃんと馨君に知らしめた存在だった。

時にその行動が行き過ぎだと思えることもあったけれど、真紀ちゃんを心から思っていたからこそ、彼は……

「オレは茨姫に誓ったのだ。あの方が今世を幸せに生きる様を見守り、幸せな最期を見届けると。しかし、見届けるべきは今ではない。いま、オレにできることは、茨姫の大切な居場所を守ることだ」

彼はグッと表情を引き締める。

落ち込んでばかりはいられないと、辛《つら》い中でも自分を奮い立たせているかのようだ。

僕はそんな凜音君の、幼かった頃の姿を思い出しながら、小さく微笑んだ。

「大きくなったね、凜音君」

「は？」

「僕が君と初めて出会った頃は、まだ小さな子どもだったのに……」

「こんな時に、いつの時代の話をしているんだ貴様は。子ども扱いするな！」

おっと。

僕は凜音君を褒めたつもりだったのだが、凜音君はお気に召さなかった様子だ。

彼のイライラとピリピリが伝わってくる。もともとあまり好かれてはいないようだから、この辺にしておこう……

「ねえ、鵺」

いつの間にか僕と凜音君の傍《そば》に、おもちちゃんを抱えた木羅々《きらら》さんが立っていて、彼女は僕の服の裾《すそ》を摑《つか》んでいた。

長い髪をツインテールにしていて、フリフリの少女らしい見た目をしているが、かつては大江山の狭間《はざま》の国《くに》の結界柱を担っていた、藤の木の大精霊だ。

少し驚いたけれど、彼女は僕に問いかける。

「ボクには、何ができるの？」

「木羅々さん？」

「ボクはまた、何の力にもなれないのよ」

自信なげに視線を落とす木羅々さん。

そんな木羅々さんを、おもちちゃんが心配そうに見上げて「ぺひょ」と鳴いた。

……そうか。

彼女は常に〝留まる〟役目を背負ったあやかしだった。

千年前と違って、その足であちこちに赴けるようになったからと言っても、自ら何か行動を起こしたり、何かを為《な》すのには慣れていない。

外界への恐れがあるだろうし、何よりこの局面で、どんな判断を下すべきかわからないのだろう。千年前の戦いでも、真っ先にミクズに燃やされ、戦いに参加できなかった悔いもあるのかもしれない。

だが、僕は木羅々さんの存在に、ハッとあることを思い出した。

「木羅々さん。あなたの本体は上野《うえの》の、裏明城学園《うらめいじょうがくえん》にありますよね。確か、結界柱として地中深くに根を下ろしている。あなたなら、そこから浅草の狭間を探ることもできるはず。その力が必要です」

「ボクの力が……？」

「ええ。真紀ちゃんの側を離れたくないかもしれないけれど、どうか、僕たちと一緒に来てくれませんか？」

木羅々さんもまた、僕を見上げて、その藤色の瞳を大きく煌《きら》めかせた。

「勿論《もちろん》なのよ、鵺。ボク、今度こそ仲間たちの役に立ちたいのよ！」

その表情に、決意と熱意が漲《みなぎ》っている。

木羅々さんに抱っこされていたおもちちゃんが、僕たちをキョロキョロと見比べた後、フリッパーを掲げ、元気よく「ぺひょぺひょ！」と鳴いた。

まるで、木羅々さんや僕たちを後押しし、気合いでも入れてくれるかのように。

「チッ。足を引っ張るなよ、若作りババア」

「凛音！　あんたはいちいち一言多いのよ！　生意気なクソガキ！」

凛音君のこぼした皮肉に対し、木羅々さんは目を吊《つ》り上げて怒っている。

先ほどまで、凛音君も木羅々さんも酷《ひど》く落ち込んでいたが、徐々に〝らしさ〟を取り戻し始めたようだ。

そう。僕らは悲観している場合ではない。

「それじゃあ、浅草へ行こう」

馨君が真紀ちゃんを連れ戻してくれることを最大限に信じ、僕らは僕らで、今できることをしなければならない。

千年前と同じ過ちを繰り返さない。
誰もが、あの二人のハッピーエンドを信じている。
そのために長い時を生き延びてきたんだ。僕たち〝あやかし〟は。

第四話　獄卒生活

俺の名前は天酒馨《あまさけかおる》。

前世の名前は現世《うつしよ》最強の鬼、酒呑童子《しゅてんどうじ》。

そして、地獄では――


「ふう〜。貴様が例の新人獄卒か。名前は外道丸《げどうまる》？　ふん、鬼らしい王道の名で大変よろしい。私は第三階層長のムカカだ。よろしく」

「よろしくお願いします！」

地獄の第三階層・衆合地獄《しゅうごうじごく》を管轄する階層長は、煙管《きせる》を片手に持つ女の鬼だった。見た目でいうと、俺の母親くらいの年齢に思える美女だ。

濃い化粧もバッチリ決まっていて、鬼の角は珍しい翡翠《ひすい》色をしている。

何よりオーラが凄《すさ》まじく、肩にかけた看守服の上着が様になっている。

要するにとても怖そうで、偉そうで、強そう。

「現世鬼は甘ちゃんでなよっちいと聞いていたが、貴様は見るからに弱そうだね。だが問題ない。衆合地獄で重要なのは強さより容姿の美。その点、貴様には見込みがある」

ムカカという名の女の鬼は、俺の顎《あご》をその手で持ち上げて、品定めでもするかのように顔面を確認していた。

え……？　もしかして俺って、酒呑童子のことを知らない人が見ると、甘ちゃんでなよっちく、見るからに弱そうってこと？

密《ひそ》かにショックを受けていたが、俺はそんなものを全てゴクンと呑《の》み込み、

「はい！　一生懸命頑張りますムカカ様！」

教わったばかりの敬礼と共に、初々しくも新人らしい健気《けなげ》な返事をしてみせた。

そう。俺は真紀《まき》を救うためにここに来たんだ。

上級獄卒になるには、このムカカ様に気に入られて、試験を受けるための推薦を貰《もら》わないといけない。

プライドを捨て去り、なんだってやるぞ、俺は……っ。

衆合地獄は一面が砂漠地帯である。

俺たち獄卒は砂漠の中に転々としてあるオアシスに、本部や中継施設などを築き、砂漠を彷徨《さまよ》う罪人たちを常に監視し、責め苦を与える任務を負っている。

また、噂《うわさ》には聞いていたが、第三階層・衆合地獄には鬼の美男美女が多く集められているようだった。

「いいかね諸君。この衆合地獄は〝色欲〟に溺《おぼ》れた罪人が落ちてくる場所である。我々の任務とは、罪人の色欲に訴えかけて、その欲望を極限まで高めてやって、一気に砕いてやること。愛と裏切り、紙一重の絶望を思い知らせることだ」

「イエスマム！」

「奴らは砂漠に咲く花と、オアシスの水を求めてのたうちまわるが、我々は決して奴らに花や水をくれてやってはならない。ただ目の前にチラつかせ、誘惑し、手に入るところで手に入らない、その苦しみを存分に与えてやるのだ！」

「イエスマム！」

ムカカ様のありがたいお言葉と、まるで軍隊のようによく揃った掛け声と敬礼と共に、俺たち衆合地獄の獄卒の一日が始まる。

ムカカ様は朝礼の時、立派な煙管を吹かしながら、並ぶ獄卒たちの顔を一人一人見て回る。襟《えり》が乱れていれば注意し、髪に寝癖があれば撫《な》でつけてやり、肌が荒れていればスキンケア用品を渡すのだ。吹き出物は敵だよ、これを使いな、と。

厳しいようで、意外と優しかったりする。そんなムカカ様の為《ため》に頑張るという若い獄卒も多く、人望ならぬ、鬼望のあるカリスマ上司なのだった。

さて。衆合地獄の獄卒の役目とは、朝礼でもムカカ様が言っていたように、色欲に溺れた罪人たちに罰を与えることだ。

この砂漠地帯には、多くの罪人が白い着物を纏《まと》った姿で、潤いを求めて彷徨っている。唸《うな》り声を上げ、這《は》い回るその姿はまるでゾンビのようだ。

罪人たちは、お互いが出くわすことのないよう、進路を操作されている。

まるで砂漠の海に、一人で遭難したかのような孤独と不安に苛《さいな》まれるという。

地獄での刑期が終わるまで、この砂漠から出ることができず、その渇きと孤独を癒《いや》すことはできない。昼間は暑く、夜は寒く、どこまで歩いても抜け出すことのできないひとりぼっちの世界で、どうしても人肌が恋しくなってくるのだ。

では、獄卒の仕事とはどんなものだろうか。

男の鬼の俺の、初日の仕事は、とても簡単なものだった。

「あのう、よかったら俺とお茶しませんか……」

ちょうど孤独が極まった頃合いの、女の罪人の前を歩き、おずおずと声をかけてハニカミ笑顔を向けて、そっと手招きする。

やっと出会えた他人に対し、女の罪人は助けを求めたり両手を広げて駆け寄ってきたりするのだが、俺にたどり着く前に目の前に設置されていた蟻地獄《ありじごく》に呑み込まれる。

「ぎゃーっ」

その蟻地獄の真下は、無数の針が仕込まれた穴になっていて、罪人たちは体を針で貫かれる痛みに苦しむという仕組みだ。

その針山の穴を上から覗《のぞ》き込み、その痛々しい姿に思わず顔を背けた。

うーん、これはキツい。モザイク処理必須。

助けを求めてきた女性相手に、俺はなんて最低な男なんだ。

地獄の罪人たちは実際には死んでいて、魂だけの存在なので、肉体が傷つくということはない。しかし生前の肉体の痛みの記憶というものはあって、それをもとに地獄でも痛みを感じ、肉体も傷ついて見えるという。

痛みだけではなく、肉体の損傷すら生々しいのは、そちらの方が罪人たちにとって意味のある責め苦になるからだそう。そして翌日にはその記憶をすっかり忘れて、またポツンと一人で砂漠を彷徨う、というのが衆合地獄の仕組みのようだ。

まあ、地獄らしいと言えば地獄らしい。

しかし獄卒の鬼たちは、毎日毎日、繰り返しこんな仕事をしていて、よく心が持つな。

鬼はこういうのに耐性があるのだろうか。だから獄卒は鬼なのだろうか。俺は鬼だけど普通にしんどいぞ。

「あのう、よかったら俺とお茶しませんか」

「けっ、お前のような若造に興味はないよ。あたいは渋いイケおじが好きなんだ！　出直してきな！」

「…………」

しかし罪人の中にも鋼のメンタルを持つ者がいる。

好みが限定的だったり、俺の顔や誘惑が通用しない場合もある。なので衆合地獄には様々なイケメンと美女を取り揃えておく必要があるのだった。

獄卒たちも場数を踏むと、この手のチョロくない罪人の相手をさせられる。

というのも、罪人たちは何度もイケメンに騙《だま》されているため、たとえ記憶を消されていても、お誘いのパターンが似通っていると通用しない場合があるのである。

要するに、獄卒側にも臨機応変な、高度なテクニックが必要とされる。

やる気のある獄卒ほど、日夜異性の騙し方や、異性の好きな言葉や仕草、表情などを勉強しているのだった。

ご、獄卒の鬼たちは、毎日こんな仕事をしていて、よく心が持つな……

鬼はやっぱり、鬼メンタルなんだろうか。

衆合地獄で働き始めて二週間――

罪人とはいえ、女性を騙し、唆《そそのか》し、誘惑して痛めつけるという行為に、鬼だけどメンタルが強くない俺は、すっかり疲れてしまっている。

これが鬼の社会人。

これが地獄の公務員。

仕事を終えた後の罪悪感ったらない。働くって大変だ。

嫌なことがあってもプロ意識を高く持ってやりこなさなければならないし、ノルマもあるし、意識の高いライバルたちはどんどん先へ行ってしまう。

ここがたとえ鬼の楽園であっても、社会の厳しさ、労働の厳しさは、現世も地獄もそう変わらないのだなと痛感させられたのだった。

ただ、衆合地獄にも良《い》いところがあって、それはご飯が美味《おい》しいところ。

そして獄卒の宿場には、必ず温泉があるところだ。

「はあ～、今日も疲れた。腹減った……」

一日の勤務を終えた後は、空腹のせいか精神的な疲労のせいか、体が重い。

衆合地獄拠点となっているオアシスには、獄卒たちの宿場と飲み屋がいくつもあるのだが、俺はいつも疲れた体を引きずって、特定の店で飯を食うことにしている。

地獄の名物といえば、主に牛肉料理、モツ料理、唐辛子料理、おでんや串揚《くしあ》げなど。そして鬼たちの間では、鬼殺しビールなるものが流行《はや》っている。

獄卒たちはここで美味《うま》い肴《さかな》と酒を浴びるほど摂取する。しかし俺は、しつこいようだが実際には未成年なので、ひたすら飯を食ってばかり。

「お。今日は牛もつ煮込みちゃんぽん、ある」

俺の行く飯屋ではこれが人気で、新人の雑用を終えた後では売り切れていることもあるのだが、今日はまだ残っているようだ。

定食屋の砂鬼の女将《おかみ》さんにこれを頼み、席でぐったりして飯を待っていた。

「よお。随分疲れ切っているな、新人」

肩を強く叩《たた》かれ顔を上げる。俺の席の前に、遠慮なく別の獄卒が座った。

「あ、どうも、副長」

顎髭《あごひげ》がワイルドで体格も良い、衆合地獄のやり手のイケメン、トージ副長だ。

トージ副長は衆合地獄のナンバー2であり、俺もよく世話になっている。俺から見てもめっちゃかっこいいなと思うし、性格もイケメン。要するに頼れる上司だ。

「最後まで仕事してたんだって？　いい新人が入ったってムカカ様は大喜びだぞ。現世鬼ってのはみんな、お前さんみたいに真面目で見栄えがいいのかい？」

「いや〜、別にそんなわけじゃ。色々っすよ」

ぶっちゃけると、俺は自分がそれなりに真面目で、なおかつ顔がいいと自覚している。どこぞの誰かが芸能事務所に履歴書を送ったせいで、しつこいスカウトに追われたこともあるし、酒呑童子が色男であったのは史実の通りである。

だけど、数多《あまた》の女を弄ぶ色男って感じじゃなかったんです酒呑童子は。

酒呑童子は一途系イケメンだったんですよ……っ。

「そもそも現世では、鬼と言えば残虐非道の代名詞ですし、俺のような鬼の方が、珍しいくらいなんですよ」

現世のあやかし界では見た目の美しさよりずっと、横暴さや、戦闘力の高さの方が意味を持っていたから、異界間ギャップには驚かされるばかりだ。

と、そんな話をしているうちに、鬼殺しビールとつまみの唐辛子がやってきた。

俺はビールを、すかさずトージ副長のグラスに注ぐ。

「あれ、お前、鬼のくせに酒を飲まないのか？」

自分は炭酸水ばかり飲んでいると、唐辛子を齧《かじ》っていたトージ副長がそれに気がつき、驚いていた。

「まあ、そうですね。俺、酒を飲むとすぐに気分が悪くなるので」

「鬼の下戸は初めてみたな」

「は、はは。俺、やっぱりちょっと変わってるみたいで〜」

いやいや、本当は酒豪で有名だった酒呑童子ですけれども。

ただひたすら我慢しているだけですけれども。

もしやこれも地獄の責め苦……？　とか思ったりもしますけれども。

もちろん、時々誘惑に負けそうになる時もある。疲れや現実を忘れたい時。

現世の法を、この地獄で頑《かたく》なに守っているのも、滑稽《こっけい》な気がして。

しかしそういう時は真紀のことを思い出して、自分がただの高校生であることをしっかり自覚するのだった。またそこに、真紀と一緒に戻りたいから。

でも、真紀は無間地獄《むげんじごく》で何か食えているんだろうか？

食うことが大好きで、すぐに腹の虫を鳴かす真紀さんが、空腹に苦しむ姿を想像するだけで、食う手が止まり、食べ物が喉《のど》を通らなくなる。

そして泣きたくなる。その無限ループ。

「おいおい、どうした、なんか泣きそうな面しやがって。そんなに仕事が辛《つら》いのか？」

「い、いいえ」

「とにかく飯を食え。第三階層の飯は砂鬼ババ様たちが作っているが、これが美味くてなあ。たまーに砂を噛《か》むことがあるが」

「ははっ」

素直な笑い声が出た。確かに砂鬼のおばあさんたちが作る料理は、美味いが時々砂が交ざっている。

きっと、俺がしんみりしてしまっていたから、トージ副長が気をつかってくれたのだろう。本当によくできた鬼上司だ。

「はいおまち」

トージ副長と世間話をしているうちに、砂鬼のおばあさんが俺たちの席に料理を運んでくれた。お待ちかねの、牛もつ煮込みちゃんぽんだ。

いただきますと言って、箸《はし》を手にとる。

牛もつ煮込みちゃんぽんって、いわゆるもつ鍋にちゃんぽん麺《めん》を入れて煮込んだもの。歯ごたえの良いプリプリのもつ、そして新鮮なニラやキャベツ、揚げ豆腐が、ニンニクと鷹《たか》の爪《つめ》入りの醬油《しょうゆ》スープで煮込まれている。結構ピリ辛だったりする。

もつの脂の甘みが溶け込んだスープで煮込まれているから、野菜もめちゃくちゃ美味いのだが、俺が衝撃を受けた具は揚げ豆腐だ。片栗粉《かたくりこ》を塗《まぶ》して揚げた豆腐の衣に、このコクのあるスープがしっかり絡んで、サクッとトロッとした食感が楽しめる。酒にも合うんだろうな〜。

しかしやっぱり、一押しはちゃんぽん麺。このスープで太めのちゃんぽん麺を煮ると、こってりと甘辛い悪魔のちゃんぽんが完成する。

一口食べたらもう箸が止まらない。ニンニクやニラたっぷりで、スタミナのある一品だからか、たくさん働いた後の空腹を満たしてくれる。どれだけ疲れていても、次の日になったら元気に働けるのは、この料理のおかげかもしれない。

俺が牛もつ煮込みちゃんぽんをがむしゃらに啜《すす》る一方、トージ副長は大皿に入った大量のおでんを肴に、またビールを追加して、浴びるように飲んでいた。

「知っているか、新人。閻魔大王《えんまだいおう》様はこんにゃくが大好物なんだぞ。それで地獄の飯屋は総出でこんにゃく料理を推している。しかし鬼は肉料理の方が好きだから、おでん以外のこんにゃく料理は、あんまり流行ってないらしい」

「へえ」

トージ副長が、それこそおでんのこんにゃくを頬張りながら、閻魔大王の好物というか、地獄の食事事情を教えてくれた。

確かに鬼はこんにゃくより肉が好きだよなあ。俺も真紀も肉好きだし。

「俺、地獄の料理には驚いたんですよね。最初は、人間の肉や臓物、目玉なんかが出てきたらどうしようかと思っていました」

「えっ⁉ うそ。現世鬼は人間を食うのか⁉」

「…………」

トージ副長がこんなにも青い顔をして驚くということは、地獄出身の鬼は、鬼が人間の血肉を食うというような常識はないのだろう。

まあ……現世の古い時代、あやかしが人間を襲ったり食ったりしていたのは、あらゆる逸話の通りだ。人間は霊力が豊富で、あやかしにとってそれ以上に栄養豊富なものがなかったっていうのもある。

今となっちゃ、あやかしも人間と同じように、美味い飯を普通に食っている。肉は大好きだが、牛肉や豚肉や、鶏肉《とり》の方がやっぱり美味いと思うし。

それもあって、あえて人間を食うあやかしは減った。人間を食うことは、現代のあやかしたちにとってメリットは少なく、むしろ処分される危険性が増すからだ。

ただ地獄では、肉体を持った人間が基本的には存在しないため、人間とは責め苦を与える対象であっても、食うものではないのだろう。

地獄にも、現世と似た牛肉やら豚肉やら鶏肉やらがあるし、野菜もある。

特にここ、衆合地獄の獄卒たちは体形維持も任務のうちだから、野菜のメニューも豊富だ。俺のよく食べる牛もつ煮込みちゃんぽんにも、ニラやキャベツやもやしっぽいものがたっぷり入っている。

「地獄のどこで、こういう肉や野菜を育てているんでしょうか。俺、勝手に地獄は、何の植物も育たないような、荒廃した世界だと思い込んでいました」

おそらく現世の誰もがそういうイメージを持っているだろう。

実際に、地獄のほとんどはそういった土地だと、トージ副長は言った。

「一つ上の階層の黒縄地獄《こくじょうじごく》は、地獄の中で最も土が肥えていて自然が豊かだ。いろんな食物が育つし、食用の〝黒縄牛〟や〝鬼骨鶏《きこっけい》〟がよく育つ。黒縄地獄に落ちる罪人は、広大な農場でタダ働きを強いられるのさ」

なるほど。そういえば最初にもらったパンフレットにも書いてあったな。

一つ上の黒縄地獄は、罪人に責め苦を与えつつ、地獄の住人たちの食料を確保する、生産性の高い階層ということか。

ちなみに〝黒縄牛〟や〝鬼骨鶏〟というのは、食用肉として生産されている地獄のブランド肉らしい。どちらも鬼の因子を含んだ生物であり、鬼にしか耐えられない邪気の充満した地獄でも、生産可能なのだそうだ。要するに地獄の特産物。地獄グルメ。

そういえば、俺が地獄に落ちる前に、叶《かのう》が俺に〝鬼の因子〟があるなどと、謎めいたことを言っていた。

俺がかつて酒呑童子だったからだろうかと、あえて詳しく聞いてはいなかったのだが、この鬼の因子があるかどうかが、地獄で生きていける最大の要因らしい。

鬼の因子とは、そもそも何なのだろう。

俺や真紀が、千年前に人から鬼に成り果てたことと、何か関係があるのだろうか。

衆合地獄で働き始めて一ヶ月——

何事も、毎日やっていれば少しずつ慣れるというものだ。

いや、麻痺《まひ》していったと言うのがいいのかもしれない。

俺は女の罪人たちを誑《たぶら》かし、甘い言葉を吐いて誘惑し、最後に裏切り、絶望と共に針山に落とす。これを毎日繰り返している。

ふとした時に、その罪悪感に頭を抱えるし、針山に突き刺さった罪人の姿がフラッシュバックすることがある。

こんな俺を知ったら真紀に怒られ嫌われてしまうのではないか、という恐怖に震えてしまうこともある。

しかし慣れてしまわないと日々のノルマを達成することができない。

そう、俺はここで結果を出さないといけないのだから……っ。

「なああんた、そこは危ねえぞ。俺のところに来い。俺が守ってやるから。俺が――……」

当初の、下手に出てお茶に誘うという作戦を大幅に変更。

俺は自信と余裕を匂わせ、勝気な笑みと共に頼もしくも甘い言葉を吐き散らし、罪人に手を差し出していた。

すると罪人の多くが「はい喜んで」とホイホイ寄ってきて、瞬く間にコロッと落ちてくれるのである。俺にも、針穴にも。

本来、酒呑童子とはこんな感じの鬼だった。

しだれ桜の木の上から、茨姫《いばらひめ》に手を差し伸べて誘った奴も、こんな感じの鬼だった。

しかし現世では、従順なアルバイター気質、変な奴と思われないよう周囲に合わせる能力、日本人らしい謙虚さや礼儀正しさなどというものがすっかり染み付いており、かつてあやかしの王だった頃の覇気は、すっかり影を潜めていた。

しかしやはり、強さや頼もしさというのは、罪人にとってであれ魅力的に映るらしい。

もっと研究して、自分を演出して、罪人たちに責め苦を与えねば！

はあああああ。……何やってんだろうな、俺は。

衆合地獄で働き始めて三ヶ月——

「外道丸。貴様の働きぶりには感心する。昨日もノルマの二倍の罪人に責め苦を与えたそうじゃないか。お前は見込みがあると思っていた。私の目に狂いはなかったようだ。その調子でおやり」

「イエスマム！」

俺は、ムカカ様にお褒めの言葉を頂ける獄卒に成長していた。

相変わらずゲスなことをして罪人に責め苦を与えているが、俺はもう怯《ひる》んだりしない鋼のメンタルを手に入れた。身も心も文字通り鬼にして、日々ノルマの二倍の仕事量をこなしている。真紀と再会する日は近いと信じて。

真紀は、今も変わらず、無間地獄で獄卒たちから逃げ続けているという。

見つかっても、嵐のように大暴れして、その後はひっそりと隠れてしまうんだとか。

ここまで罪人が獄卒から逃げ続けるというのは、前代未聞らしい。

だが、そうだ。そのまま逃げてくれ、真紀。

俺が必ず、お前を迎えに行くからな。

・そんな、ある日の朝礼のこと。
「報告です！　第六階層・焦熱地獄《しょうねつじごく》の罪人が多数脱獄した模様！」

別階層の獄卒より急な知らせが入った。

「何？　焦熱地獄の罪人が？」

「どういうことだ……」

集まっていた衆合地獄の獄卒たちが戸惑い、ざわつく。

詳しい話を聞いたところ、どうやら第六階層・焦熱地獄で、一部の罪人が暴徒化したことで、大規模な集団脱獄を許してしまったとのことだった。

確か焦熱地獄とは、邪悪な心を持つ罪人が落とされる地獄だ。

要するにワルばかりが集められている。

鉄でできた監獄に収容され、毎日熱々の鉄板の上で体を焼かれる責め苦を受けるのだとか。想像するだけでも身の毛がよだつ。

しかし脱獄なんてしても、地獄という世界から逃げ果せるのは容易ではない。いつかはもう一度捕らえられ、さらに酷《ひど》い責め苦を受けかねないというのに、全《おお》くよくやるな。どんなワルが主導し、事を起こしたというのか。

おそらくだが、この脱獄を可能としたのは、現在の地獄の事情が関係しているのだろう。やり手の獄卒が（真紀のおかげで）無間地獄に集められているので、他階層の獄卒たちの人材不足が仇《あだ》となった形だ。

「焦熱地獄から逃げたという阿呆《あほう》は、どんな罪人たちなんだい。数は？」

ムカカ様が呆《あき》れ顔《がお》で問う。

知らせをよこした別階層の獄卒はハキハキと答えた。

「それはもう、大勢であります！　一般鬼を拉致《らち》して、地下鉄をジャックして逃げ延びているとか。もともとは邪悪な山賊の妖怪《ようかい》たちのようで、ボスは〝鬼蜘蛛《おにぐも》〟といいます。かつては現世で大暴れした大妖怪とか」

……ん？

懐かしい名前を聞いたので、俺は獄卒たちの列の中で目をパチクリとさせていた。

鬼蜘蛛といえば、千年前――酒呑童子《しゅてんどうじ》と大江山《おおえやま》の覇権を巡って争った大妖怪だ。

源頼光《みなもとのよりみつ》に討たれて平安時代に死んだけれど、あいつ、まさか地獄に落ちてたのか？

そして第六階層の焦熱地獄から、盗賊仲間たちと脱獄した、と……

思わず密《ひそ》かに笑ってしまった。

絵に描いたような大悪党で、大盗賊だった鬼蜘蛛。

俺のような平和を愛する鬼とは反りが合わず、大江山では何度となく衝突したっけ。

俺が負けることはなかったけれど、あいつは当時、現世でもかなり力のある妖怪だった。

話を聞いている限り、地獄の獄卒でも、あいつの暴走を止めるのは骨が折れるらしい。

すでに、一つ下の第四階層まで登って来ているとか。

「外道丸」

ムカカ様が俺の名を呼んだ。俺は「は」と答え、敬礼と共に背筋をピンと伸ばす。

「貴様、確か現世鬼だったな。鬼蜘蛛について何か知っているかい」

「……ええ。厄介な奴です。奴はとにかく図体《ずうたい》がでかい。山のように巨大な蜘蛛の姿になることがあります」

俺はそれだけ説明した。

本当は色々なことを知っている。見た目、好きな食べ物、好みの女のタイプ、口癖や知られたら困る秘密、弱点も。

だが、あまりに詳しく語りすぎて、俺が酒呑童子とバレたらまずいからな。

「どうしますかムカカ様。ここにはそれほど戦闘力のある獄卒がいない。戦闘力のある鬼のほとんどは、現在最も鬼手を欲している無間地獄に集められていますからな」

ムカカ様の隣に立っていたトージ副長が、眉間《みけん》にしわを寄せ、深刻な顔をしている。

鬼蜘蛛がこの衆合地獄にまで上がって来た場合、鬼蜘蛛一派を止める力が不足している
というのは、今副長が話した通りだ。

「……ふう。厄介なことになったね。他の階層のもめごとを、ここに持ち込まれちゃあ、
たまらないよ」

ムカカ様は煙管《きせる》の煙を、ため息と共に吐いた。

しかし、そのもめごとは、すでに目前まで迫っていたようで……

「⁉」

今、巨大な地響きと共に、この衆合地獄が激しく揺れた。

誰もが伏せる体勢をとったが、一部は慌てて本部の屋上に出る。俺も屋上へ行く。

するとそれはよく見えた。

オアシスを挟んだ砂漠の向こう、巨大な蜘蛛の大妖怪の群れが、砂を噴き上げながら出
現したのだ。

階層を繋《つな》ぐ地下鉄をジャックしたと言っていたから、おそらく地下鉄の線路を通ってこ
の第三階層まで登って来たのだろう。

中央の一番デカい蜘蛛は鬼蜘蛛に違いない。禍々《まがまが》しいフォルムや、八本の凶悪そうな足、

ぎょろついた無数の目玉は、見るからに悪い妖怪のそれだが、実際に奴らはワルだった。

その周囲で、そこそこデカい蜘蛛たちが並走している。

あれは鬼蜘蛛の弟や妹たちだろう。鬼蜘蛛たちは他の子分をも背に乗せて、こちらに突き進んでいる。

鉄の棘《とげ》や、鉄板、鎖など、地獄ではそれなりに見慣れた〝責め苦道具〟で身体中を武装し、背中には鬼蜘蛛一派とわかる手作りの旗を立て、連中はボロボロの刀を手に持って威勢の良《い》い声を上げていた。

「ヒャッハー」

文字通りヤンチャな輩《やから》が、テンション高めでこちらに攻め入ろうとしているのだから、この衆合地獄のお綺麗《きれい》な獄卒たちは、すっかり怯《ひる》んでしまっている。

目を凝らしてよくよく見てみると、砂漠にいた罪人たちも必死に逃げ惑っていた。

「千年経《た》っても変わらねえなあ、鬼蜘蛛一派は。無茶苦茶やりやがる。昔は狭間《はざま》の国《くに》も、あの鬼蜘蛛戦車に何度となく突撃されたもんだ」

狭間の国はアレごときで侵略されることはなかったけれど、実際あれに襲われた里や村の人間たちはひとたまりもなかったと思う。

鬼蜘蛛戦車の通った後は、家も畑も田んぼも押しつぶされ、財産や食い物、女子供もみんな奪われていたのだった。

地獄でもその戦闘スタイルに変わりはない。

獄卒たちが、鬼蜘蛛たちの進行方向にある蟻地獄《ありじごく》に奴らを落とそうとしたり、侵攻を何とか阻止しようと銃火器で攻撃したりしていたが、アレだけ巨大だと全く通用しない。

そう。普通の攻撃は効かない。ただ奴にも弱点はある。

俺はいよいよ見かねて、屋上の柵に足をかける。

「どこへ行くんだい、外道丸」

「ムカカ様、俺が鬼蜘蛛を止めます」

ムカカ様は片方の眉《まゆ》を吊《つ》り上げる。俺に何か策があることを察した様子だった。

「そんな、一人じゃ無謀だ！　外道丸、戻ってこい――」

トージ副長は心配性なので俺を引き止めたが、俺は構うことなく、屋上から飛び降りる。

さあ、地獄の同窓会といこうか、鬼蜘蛛。

あの鬼蜘蛛一派を止められるのは、きっとこの場所で、あいつらをよく知る俺だけだろうから。


罪人たちや獄卒たちが逃げ惑う中、俺は砂漠を踏みしめ仁王立ちして、向かい側より突進してくる鬼蜘蛛一派に大きな声をかけた。

「おい、鬼蜘蛛！　これ以上進んだって、地獄に逃げ場なんてねーぞ！」

しかし鬼蜘蛛戦車軍団は止まることなどなく「踏み潰《つぶ》せ！　轢《ひ》き殺せ！」という物騒な掛け声と共に俺を潰そうとした。まあそうなりますよね……

ということで俺も容赦はしない。

砂に獄卒用の刀を突き刺し、結界術を用いて鬼蜘蛛の足を一本、透明の足枷《あしかせ》でその場に固定する。

当然、鬼蜘蛛は動きを止めた。大将が止まったことで、他の小さい鬼蜘蛛戦車も急ブレーキをかけた。

「小僧、何しやがった……ただの獄卒じゃあねーな……」

鬼蜘蛛は足元の異常に気がつき、低く響く声を発した。

猪突《ちょとつ》猛進、破壊行動しかできない奴だが、人一倍警戒心も強い。

鬼蜘蛛は無数にある目をぎょろぎょろと動かして、俺をじっと見る。無理やり前に進もうとするが、足を固定した俺の結界を破壊することはできない。

「チッ。俺様は第一階層に向かい、閻魔大王をとっ捕まえて、閻魔大王のお宝とやらを全て奪ってから再び転生してみせるのだ。そして今度こそ大江山を支配してみせる！　邪魔するなら頭からバリバリ食ってやるぞ。鬼は不味《まず》いが腹の足しにはなるからな！」

鬼蜘蛛は臭い息を吐いて俺を脅す。

周囲を取り巻く弟や妹、子分たちも「やっちまえ兄貴〜」と鬼蜘蛛を煽《あお》っている。

しかし俺は看守用の帽子の鍔《つば》を持ち、顔を隠しながらも、口元に笑みを浮かべていた。

「小僧、何笑ってやがる」

「いや、本当にお前は、根っからの山賊。妖怪の鑑《かがみ》。大悪党だなと思って。だが今の大江山を支配して、お前はいったい何をするんだろうな」

「は……??」

これも一種のジェネレーションギャップだろうか。

鬼蜘蛛は現世を、まだ平安時代のあの頃のままだと思い込んでいる。

大江山を、あやかしの楽園だと。

確かにあの頃の大江山は、あやかしにとって根城を築くのに相応《ふさわ》しい霊気に満ちた場所で、大妖怪はこぞって狙っていた。鉱山もあったからな。だが……

「今の大江山を支配したところで、良くてお山の大将だ。現代の大妖怪たちは都会に出て、人間社会に溶け込んで、会社を経営しているぞ。悪いことを堂々としたなら一発アウト。一番強いのは、強《したた》かで金のあるあやかしだ」

俺が得意げに語るも、千年近く地獄にいる鬼蜘蛛一派に、その想像はできないらしい。

「てめっ、なーに言ってんだ⁉」

「わけわかんねえこと抜かしやがって。ミンチにすっかんな！　兄貴が！」

「こんな奴、頭から食っちまってくだせえ、兄貴！」

鬼蜘蛛一派は、行く手に立ちふさがる、目障りな俺をさっさと消したいらしい。

ほぼ同時に、鬼蜘蛛が口から糸を吹き出した。

粘り気があり、硬く頑丈な蜘蛛の糸によって、俺の体は一瞬でぐるぐるに巻き取られてしまった。

そういえば遥《はる》か昔、こんな風に茨姫が鬼蜘蛛の糸に捕らえられ、攫《さら》われてしまったことがあったっけ。鬼蜘蛛は美しい茨姫に惚《ほ》れ込み、盗賊らしく俺から奪って、自分の妻にしようとしていたんだな。

しかし茨姫はとっても強かった。

とっても強かったので、鬼蜘蛛の鉄線のような糸をも噛《か》みちぎって自力で脱出した。

そして鬼蜘蛛に向かって「顔が全く好みじゃない」と言い放ち、俺が救い出すより先に自分で狭間の国に戻ってきたのだった。いややっぱすげえわ、茨姫……

そんな思い出に浸っていると、俺はもうすっぽりと、鬼蜘蛛の白い糸に覆われてしまっている。周囲が全く見えないほどだ。

そう。鬼蜘蛛は獲物をこの糸で捕らえ、糸ごと食べてしまうのだ。

ここは茨姫を見習って噛みちぎってみようかとも思ったが、あれは俺より圧倒的に暴力値の高かった茨姫だからできた芸当かもしれない。

というわけで、俺は素直に俺にできることを頑張って、ちょっと刀に霊力を溜《た》めて、刃を滑らせながら糸を切り裂いた。

「な……っ!?」

頑丈な鬼蜘蛛の糸が木っ端微塵《こっぱみじん》になって、俺が何事もなかったかのような平然とした姿で現れたものだから、鬼蜘蛛一派の連中は口をあんぐりと開けて仰天していた。

鬼蜘蛛ご本人もまた、口をギチギチ言わせて憤っている。

「だったらこれはどうだ、獄卒小僧！」

今度は鬼蜘蛛の巨大な足が俺に向かって振り上げられ、そのまま振り落とされた。

固定した足は一本だけだったので、そこから移動することはできなくても、他の足で俺を攻撃するくらいはできるのだ。

俺は瞬時に、巨体を刀で受け止めた。

「……ほお〜。地獄で長い時間、業火に焼かれ続けると、ちょっとだけ強くなるらしいな。鉄を鍛えるのと同じか？」

肉体はすでにないはずなのに、今目の前にいる鬼蜘蛛は、あの頃より硬度があるし、力も強い。地獄で長い時間を過ごすことで、痛みに強く頑丈になるんだろうか……？

「……小僧。まさかとは思うが、俺様とお前は、どこかで会ったことがあるか？」

鬼蜘蛛の無数の瞳には俺の姿が映っている。

俺は口の端を吊り上げた。

「俺のこと忘れちまったのか、鬼蜘蛛。大江山を巡って、あんなに戦ったのにな」

そして受け止めていた蜘蛛《くも》の足を強く押し返し、足の根元を狙って素早く切り落とす。

そう。鬼蜘蛛の弱点はここだ。

こいつの足は根元が少し柔らかく、落としやすい。

「ぎゃーっ」

衆合地獄に、耳に痛い悲鳴が響き渡った。

その悲鳴は砂漠を揺らし、近くで見物していた罪人や獄卒たちもまた、聞くに耐えないという様子で耳を押さえて踞《うずくま》っている。そうそう、こいつは声もでかかった。

「よし！もう一本！」

しかし俺は怯《ひる》むことなく、鬼蜘蛛の腹の下を抜けて、後方の足も切り落とした。

バランスを崩し、自立できなくなった鬼蜘蛛がその場にベシャッと倒れ込む。

巨体が砂を巻き上げて、あたりが黄色く染まった。

「ゲホゲホ」

あちこちから噎《む》せる声が聞こえる。俺もまた袖で口を押さえていた。その砂埃《すなぼこり》に紛れたまま、俺は鬼蜘蛛の前より消える。

「小僧め、どこ行きやがった！」

砂が晴れた頃、怒り狂った鬼蜘蛛は俺の姿を見失っていたが、

「ここだよ、ここ」

俺はというと、鬼蜘蛛の頭上に立っていた。

鬼蜘蛛は頭上にもある瞳で、俺の姿を捉《とら》える。

俺はそのタイミングで、制服の帽子を取ってみせた。

「!?」

鬼蜘蛛は、自分を見下ろす俺の顔を見て、瞳をギョロギョロと動かし動揺しているようだった。

「小僧、まさか……っ、外道丸か!?」

鬼蜘蛛とは古い仲だからこそ、俺のことを酒呑童子とは呼ばずに外道丸と呼ぶ。

今もまだその名前で呼んでくれるとは、ちょっぴり懐かしい気がするし、実際とてもありがたい。

今、ここで俺を酒呑童子と呼ばれると、少し困るのでね。

「久しいなあ、鬼蜘蛛。だったらお前、自分がやらかした罪の重さも十分覚えているだろう？　善良な鬼だった俺と違って、お前は大悪党だったからな」

「ちょ、ちょ、ちょっと待て、タンマ！　おい、外道丸っ！　なんでてめえがここにいるんだよ！　最悪じゃねーかよおおおおお！」

鬼蜘蛛、いきなり小物臭くなって、その巨体でもがき、何とか逃げようとする。

しかし足は二本切り落としているし、一本は固定済み。

鬼蜘蛛も察してはいるだろうが、もう俺から逃げることなどできないのだ。

「鬼蜘蛛、もうちょっとだけ焦熱地獄で焼かれてろ。そのうち転生の時は来るだろうよ」

一太刀で、一瞬で、音もなく切り落としたのは鬼蜘蛛の頭だ。

たとえ頭を切り落とされても、次の日には元どおりなのが、地獄の凄《すご》いところ。

さらには衆合地獄にいる罪人は、翌日には責め苦の記憶がリセットされるので、俺のことも忘れてくれるとありがたい。

「あ、兄貴ーっ!」

鬼蜘蛛を慕う弟妹《きょうだい》や子分たちが、頭と足を切り落とされ、再起不能になった大将を見て動揺した。俺はそいつらの方を振り返る。

「さあお前たち。お山の大将はやられちまったぞ。これ以上、上の階層には行かせないし、現世への転生もしばらくお預けだ。お前たちの大江山攻略の夢も潰《つい》えた。今、ここで投降しろ。さもなければ、最下層の無間地獄まで突き落とされるぞ!」

「あ……」

鬼蜘蛛一派の一部が、俺の顔を見て後ずさった。

子分たちの中には、俺の顔を見知っている者もいる。

「貴様……」

「シュテ……っ」

俺は頭を切り落とした鬼蜘蛛の上で、口元に人差し指を添えた。

「おっと。その名を口にした者は、斬《き》る」

子分たちは、生前のトラウマを思い出したのか一斉に口を噤《つぐ》み、戦意喪失して、その場で項垂《うなだ》れた。

鬼蜘蛛は、地上で一度も俺に敵《かな》わなかった。それをよく覚えているからこそ、これ以上、無茶なことはできないと悟ってしまったのだろう。

鬼蜘蛛一派の脱獄騒動は、このような形で一応の収束を見せた。

すっかり撃沈した鬼蜘蛛一派は、獄卒たちによってお縄にかかり連行されている。

奴らは一度、閻魔王宮《えんまおうきゅう》のある第一階層に連れて行かれ、再び閻魔大王の裁判を受けることになるらしい。おそらく刑期が延び、焦熱地獄より下の階層に行くことは避けられないだろう、とのことだった。

しかしまさかこんなところで、旧友というか、旧好敵手に再会するとは思わなかった。

あいつら、散々地獄を味わっただろうに、性質があんなに変わらないのなら、地獄の責め苦に効果ってあるのか……？　とか思わなくもない。

まあ、仲間たちと一緒みたいだから、ここで楽しく罪を償っとけ。脱獄騒動を起こすくらい元気で、ある意味安心したよ。

さて。他の獄卒たちと共に諸々《もろもろ》の後始末をしていたところ、砂漠の真ん中にムカカ様を乗せたハーフトラックがやってきた。

「ご苦労だった、外道丸。お前、やはり只者《ただもの》ではないね。現世では名のある鬼だったんじゃないかい？」

ムカカ様がサングラスを外し、俺を労《ねぎら》う。そして意味深な笑みを浮かべる。

俺はというと、流し目気味に「ご冗談を」と言う。

そしてムカカ様に対し敬礼する。

「俺は名もなき現世鬼ですよ。全ては衆合地獄の長、敬愛なるムカカ様の為《ため》に」

ムカカ様は、片方の眉《まゆ》を器用に吊《つ》り上げた。

俺の物言いが面白かったのか、それとも俺の狙いに気がついたのか。

「貴様……まさかそうやって、私を落とそうってのかい？　来たばかりの頃は初々しくて可愛いところもあったのに、生意気な小僧になったもんだ。だがまあ、貴様の働きに免じて、甘んじて落とされてやろう。欲しいものがあるなら言ってごらん」

ムカカ様は話がわかるし、やっぱり優しい。

俺もまた、遠慮することなどない。

「は。俺に上級獄卒の試験を受けるための、推薦状をお与えください」

そう。このために俺は、地獄でずっと頑張ってきたのだから。

第五話　浄玻璃の鏡

それからの俺は、日夜、上級獄卒になる為の試験勉強に励みつつ、相変わらず獄卒業に勤《いそ》しんでいた。

腕が立つということで、より深い地獄《じごく》の階層に派遣されることも度々あって、地獄という世界を詳しく知ることができたのだった。

どこも個性的な地獄で、個性的な階層長、個性的な獄卒仲間、個性的な罪人、個性的な責め苦が多々あったものの……（割愛）。

特に印象的だったのは、第七階層・大焦熱地獄《だいしょうねつじごく》だ。

この地獄には巨大な活火山があって、至る所に溶岩の川が流れている。

現世《うつしよ》の誰もが想像する地獄らしい地獄かもしれない。

この景観と相俟《あいま》って、とにかく暑くて硫黄《いおう》臭い。地獄全体にふんわり流れてくる蒸し暑い風や硫黄臭さは、ここから昇ってくるのだとか。

火山の恩恵もあって、獄卒は毎日温泉に入ることができるので俺的にありがたみが深いのだが、ここは獄卒たちからは最も嫌がれている階層、部署なのだった。

大焦熱地獄の罪人たちは火口の鉱山で働かされ、疲れ切った頃に火山のマグマの中に突き落とされる。これがこの階層の責め苦だ。

だが、ここの罪人は無間地獄《むげんじごく》に落とされる一歩手前の、レベルの高いワルどもだ。一癖も二癖もあり恨みがましい。

さらには鬼蜘蛛《おにぐも》一派の脱獄の話も知れ渡っているため、自分たちも獄卒に逆らい、脱獄できるのではと、ギラついた野望を抱いてしまっている。

要するに獄卒たちも命がけ。

下手したら罪人に襲われたり、マグマに突き落とされたりするのだ。

俺もここの罪人たちに妙な因縁をつけられたり、顔面に嫉妬《しっと》されたりして、何度か背後からマグマに突き落とされかけた。

俺の場合は結界術で足場を作ったり、別の場所に移動したりしてそれを回避。今のところマグマの熱を味わったことはない。

そんなこんなで、俺は順調に地獄での実績を積み、いざ上級獄卒の試験を受けることになったのだった。

「外道丸《げどうまる》よ。上級獄卒の試験、合格おめでとう」

地獄へ来て、体感半年ほど。

俺は晴れて上級獄卒の試験をクリアした。

今回の試験の合格者は、たった今、閻魔大王《えんまだいおう》の御前にて一人一人呼ばれ、労いの言葉をかけて頂いている。

最初にこの閻魔王宮《えんまおうきゅう》にやってきたのも、遠い昔のよう。

閻魔大王に会うことも、本当に久々だと感じていた。

「外道丸よ。お前ほどの速さで、超難関のこの試験に受かった者など、地獄の歴史上存在しない。衆合地獄《しゅうごうじごく》では、ものの見事に鬼蜘蛛を打ち負かしたというし、大焦熱地獄でも極悪人相手に余裕があったという。やはりお前は、ただの現世鬼ではないらしい」

「……いえ。これも全て、ムカカ様のご指導あってのもの」

「ムカカか〜。確かにあいつは、育成に関してはどの階層長より優れているからなあ」

閻魔大王はなんだかご機嫌だ。

相変わらず多くの書類に囲まれており、忙しそうではあるものの、その傍には黒い束帯姿の小野篁《おののたかむら》（叶《かのう》）がいて、閻魔大王の側近として、しれっと働いているようだった。

あいつめ。俺のことを高い場所から見下ろしており、激しく不快である。

「篁。お前がこの外道丸を、現世からスカウトして来たんだったな。やはりお前は見る目がある。ここ最近は超忙しいから、お前が地獄に戻って来てくれて本当によかった。現世への派遣特務獄卒も数が少ないから、お前を呼び戻すこともできず、モヤモヤしていたのだ〜」

派遣特務獄卒。低級獄卒からも聞いていたが、上級獄卒になる試験勉強の中でより詳しく知った。

上級獄卒の中には、異界に派遣され、異界の状況を地獄の閻魔大王に伝えたり、鬼を地獄にスカウトしたりする職務もあるのだった。

「……地獄の鬼材不足が深刻だと風の噂《うわさ》で聞いておりましたので。しかしこの者が、そこまで使える鬼材だとは思っておりませんでしたが」

小野篁さん、こっちに聞こえるように嫌味ったらしいことを言ってらっしゃる。

不快感マックス。閻魔大王も膝を叩《たた》いて爆笑してるし。

「ゴホン。さて、外道丸よ」

閻魔大王は咳払《せきばら》いして気を引き締め、俺にある話をした。

「お前も承知していると思うが、現在、最下層の無間地獄には大物の大妖怪《ようかい》・大魔縁茨《だいまえんいばら》木童子《きどうじ》がいる。奴は無間地獄を逃げ回り、多くの上級獄卒を打ち負かし、今やどこに隠れているのかわからない始末だ。こんなことは、地獄史上、前代未聞の出来事である」

「……はい。聞き及んでおります」

俺は悟られない程度に、表情を強張《こわば》らせた。

そもそも俺が上級獄卒となり、地獄の最下層無間地獄へと行きたい理由は、その大魔縁茨木童子にあるのだから。

「大魔縁のせいで、地獄は更なる鬼材不足に悩んでいる。お前のような腕の立つ獄卒が上級獄卒になったのは大変喜ばしい。すぐにでも無間地獄に向かって欲しいのだが、その意思はあるかね？」

「はい、勿論《もちろん》です」

俺は感情的になりすぎないよう、あえて淡々と、しかし熱意のある眼差《まなざ》しで答える。

「私が必ずや、地獄の憂いを晴らしてみせましょう」

万が一にでも無間地獄に行けなければ、俺の目的は達成できない。

この半年の努力も、水の泡だ。

「うむ。よかろう」

閻魔大王に俺のやる気が伝わったのか、彼は満足げに頷《うなず》いた。そして傍に控える小野篁から受け取った書類に、でかい判子を思い切りよく押したのだった。

「外道丸よ。無間地獄行きの列車は明日の早朝に出発する。疲れも溜《た》まっているだろうから、今日のところは体を休めるといい」

「は。ありがたき幸せ」

俺は閻魔大王に深く頭《こうべ》を垂れ、そのままゆっくりと引き下がった。

今回は、十人ほどが上級獄卒の試験に受かっている。

俺が部屋を出ると、次の合格者が書記官に呼ばれて、俺と同じように閻魔大王に労いの言葉をいただくのだった。

「外道丸さん〜」

閻魔王宮の廊下で声をかけてきたのは、書記官見習いの小鬼・秋雨《あきさめ》だった。小さくてぽっちゃりした、ゆるキャラみたいな可愛い奴だ。

「外道丸さん。上級獄卒の試験合格、おめでとうございます〜。もうびっくりです。地獄史上最速ですよ〜」

「秋雨さん、ありがとうございます」

俺はぺこりと頭を下げる。

「んな〜。外道丸さんはもう上級獄卒なんですから、わたくしなんかに畏《かしこ》まらなくていいんですよ〜。わたくしなんて万年書記官見習いですし、はい〜」

「え？　そうなんですか？」

どうしても、自分がまだ下っ端である感覚が抜けきれない。

秋雨は俺に向かって背伸びをして、何か秘密の話でもしようとするので、俺はしゃがみこんで秋雨に目線を合わせた。

「あのですね〜。ここだけの話、明日、無間地獄に着いたら、早々に現場に出ることになると思います〜。無間地獄の敵は、何も大魔縁だけではありませぬ〜」

「敵？」

「ええ。無間地獄は毒素の強い彼岸花が咲き誇っています〜。地獄の最下層の、濃度の高い邪気を吸い込んで咲く花です〜。獄卒にも悪影響を及ぼすので、お気をつけくださいい〜」

秋雨はそれだけ言って、何か急用でも思い出したかのように「あっ！」と声を上げ、慌ててこの場を立ち去った。

「お気をつけくださいと言われてもな……」

危険な場所だとはわかっていても、俺は無間地獄に、真紀《まき》に会いに行く。その目標が、もう目前に来ていると思うと、何だか落ち着いていられない。

俺はその後、中庭に出た。

ここは地上のように空が青く、のどかな雰囲気すらある。

緑の木々は風に吹かれて揺れているし、小鳥なんかもいる。

風は硫黄《いおう》の匂いがするけど。小鳥の額にも、小さな角が生えてるけど。

今日のところはもう仕事もないので、俺は草の気持ちの良《い》いところで寝転がり、今後のことを考えていた。

空に向かって手を伸ばし、その手をグッと握りしめる。

やっとだ。やっと、無間地獄に向かう手段を手に入れた。

長かったが、地上ではおそらく一日も経《た》っていないのだろう。

ただ、俺や叶が地獄にいるその数時間の間に、向こうで何が起こっているのかはわからない。

「茜《あかね》、生きてるかな……」

あいつは俺を地獄に送るため、同じ陰陽局《おんみょうきょく》の退魔師たちを押さえ込んでくれた。

俺が地獄に向かった後、どれほどのお叱りを受けたかわからない。下手したら、前の京都の時みたいに、俺たちのせいで謹慎処分を受けることになるかも……

いや、考えても仕方がない。

俺は俺の、一番大切なものを取り戻すために、やるべきことをやるだけだ。

誰もがその為《ため》に、後押しをしてくれたのだから。

「真紀……」

どうやって真紀の魂を地上に連れ帰れば良いのか。

上級獄卒になったからといって、最後の大きな問題を解決する術《すべ》はまだない。

俺は上級獄卒になる為に勉強し、そのおかげで、この地獄の仕組みや、俺たちの住まう現世を含む、世界の成り立ちというものを理解した。

魂は閻魔大王が徹底的に管理しており、無理やり連れ帰るのは不可能だ。刑期の年月を地獄で過ごした魂が、やっと転生を許されるのが、この世界の理《ことわり》だからだ。

ここで少し、俺たちのいる〝世界系〟について頭の中で整理する。

神々の住む高天原《たかまがはら》を頂点に——黄泉《よみ》、現世、隠世《かくりよ》、常世《とこよ》、地獄という順番で、世界は縦繋《つな》がりとなっており、このひとまとまりを、同じ〝世界系〟と呼ぶらしい。

同じ世界系に属する異界であれば、行き来の手段があり、相互に影響しあう関係にあるのだ。（ただしこの世界系の外にも他の世界系が存在し、関与が不可能な別の異界がいくつもあるという。宇宙か）

また、この世界系における黄泉の国と地獄は、魂の管理場所であり死者の世界である。

時を経てその魂は、現世、隠世、常世などの生者の世界に振り分けられ、転生させられるという。要するに魂とは、同じ世界系の中をぐるぐると循環しているのだ。

その魂の循環の仕組みに〝転生〟という方法が用いられている。

故に、地獄より〝転生〟という手段を用いずに、真紀の魂を地上に連れ帰る方法があるのかどうかがわからない。

いや、きっとあると思うのだ。

それを見つけだし、閻魔大王に真紀の裁判のやり直しを直訴しなければ……

「おい、酒呑童子《しゅてんどうじ》」

「わあっ！」

寝転がっていた俺の顔を覗《のぞ》き込んだ者がいて、驚いて飛び起きた。

まさかの叶だ。いや今は、小野篁だったか。

「な、何だお前！　気配もなくいきなりヌルッと現れやがって！　ぬらりひょんかっ！」

前も言ったけど、こいつ本当に、誰よりあやかしっぽいよな。

叶はぬらりひょんと言われても、相変わらずの仏頂面で無反応。

「お前、閻魔大王の側近のくせに、こんなとこをぶらついていていいのかよ。まだ労《ねぎら》いの儀は終わってないんだろう？」

叶は少々遠い目をしながら、懐よりあるものを取り出す。

あ、こいつ、ちゃっかり現世産のタバコを持ち込んでやがる。

「労いの儀は終わった。それに、タバコが吸いたくて堪《たま》らなかったからな」

「お前、地獄でもヘビースモーカーなのか……」

お公卿《くぎょう》の格好で現代のタバコをふかす姿は、なかなか見られるものじゃない。

絵面の違和感はさておき、叶はふ〜と煙を吐いた後、こんな話をした。

「閻魔大王は、今から二時間ほど王宮を離れる。週に一度の城下町視察の日だ」

「……城下町視察っつーか、城下町で女と遊ぶんだろ」

「あれが日々忙しい閻魔大王の息抜きなのだ」

叶は周囲をさりげなく気にした後、俺にあるものを、密《ひそ》かに差し出した。

「これ……鍵か？」

「鍵だ。これで西棟の最上階にある閻魔大王の書斎に入れ」

「は？」

 唐突なミッションを言い渡され困惑している俺に対し、叶は大真面目な顔をして告げる。

「合言葉は〝コンニャクコワイ〟だ」

「……は??」

 ますます困惑。

 それ以上は何の説明もないし、叶はすでに俺から離れ、豆粒ほど小さく見える場所まで遠ざかっていた。もはやいつものことである。

「閻魔大王の書斎に行くったって、そこで何をすればいいんだ、俺は」

 悟れってか？ それとも理解できない俺の頭に問題が？

 丁寧な取扱説明書がないと、この鍵の使い方もよくわかりませんよ！

「あいつ、教師の時はもっと上手《うま》く説明してみせるくせによぉ……」

 俺はため息をついたが、渡された鍵を密かに握りしめ、立ち上がる。

 まあいい。行ってみるしかない。

結局のところ、この鍵で閻魔大王の書斎に入れば、何かがわかるということだろう。

閻魔大王は今、王宮にいない。

多分、城下町で鬼の女たちと遊んでる。

それにしても叶（というか小野篁）って奴は、閻魔大王にかなり信頼されているのだろう。こんな風に書斎の鍵を任されているのがその証拠だ。しかし俺に書斎の鍵を渡して、遠慮なくその信頼を裏切っているのだが……

書記官たちの目をくぐり抜け、俺は閻魔大王の書斎の扉の前にいた。

周囲をキョロキョロと、何度となく確認した後、扉の鍵を開けて素早く中へと入る。

閻魔大王の書斎は、壁面をぐるっと本棚で囲まれていて、窓一つなく、暗く埃《ほこり》っぽい匂いがする。

「ここにあるの、本というか、罪人リストか……？」

いくつか本棚から巻物を取り出し、広げて読んでみる。罪人一人一人のプロフィールから、生前の罪状、地獄での生活態度など細かく書かれているようだった。

真ん中にあるテーブルの上に、いくつかパソコンが並んでいる。そっちも軽く調べてみたが、どうやら紙から電子データへの移行を行っている最中のようだ……

しばらく書斎の中を見回ってみる。

真紀の情報も調べたいと思ったが、無間地獄の罪人のリストだけは、ここにないようだった。ということは、どこかに隠されているのか……？

「ん、待てよ。叶の奴、鍵を渡す時に、謎すぎる合言葉を言ってたよな。アレはどこで使うんだ？」

コンニャクコワイ、という例のアレ。

謎すぎるがよくよく考えてみると、閻魔大王がこんにゃく好きなことを地獄の誰もが知っているので、この合言葉を思い付く者は一人もいないかもしれない。意外とよくできた合言葉なのかも……

しかし合言葉というものがある以上、それを使う為の、隠し金庫か隠し扉か、何かがあるに違いないのだ。

そういうのを探すのは、本や巻物を一冊一冊めくるより俺に向いている。

狭間《はざま》結界を操る俺は、こう言った部屋や空間の仕掛けにはすぐ気がつくからだ。

それで叶は、特別説明もせずに、俺に鍵だけを手渡したのかもしれないな……

「お、あった。そこかよ」

仕掛けはなんと、俺がこの部屋に入った、出入り口の扉にあるようだった。

この扉、部屋の内側から見ると妙な感じがするのだ。おそらくそれは、結界術を嗜《たしな》む者にしか気づけない違和感だ。

俺はその扉にそっと触れ、あの合言葉を唱える。

「コンニャクコワイ」

こんな感じでいいのだろうか……？

不安だったが、扉の向こうでカチッと音がして、俺がその扉を開けてみると、そこはもう閻魔王宮の廊下ではなく見覚えのない部屋に繋がっていた。

その部屋は、赤い絨毯《じゅうたん》の敷かれた美しい部屋で、部屋というよりはどこぞの美術館の展示室のようだ。

叶は、俺をここに導きたかったのだろうか？

ゴクリと唾《つば》を飲み込み、覚悟してその場所に踏み入る。

――大罪人遺物保管庫。

出入り口付近に、そう書かれた立て札があった。

俺はすぐにピンと来た。大罪人遺物というのは、上級獄卒になる為の試験用に勉強した内容にあったからだ。確かそれは……

「無間地獄に落ちるほどの大罪人だと、魂と一緒に最も大切にしていたものも一緒に落ちてくるっていう、あれのことだよな」

異界の産物であるがゆえに、地獄ではとても貴重なものとして扱われるのが、大罪人遺物である。

なるほど、この場所には大罪人の持ち込んだ、異界のお宝が展示されているわけだ。

閻魔大王、さてはこっそり、自分の手元でコレクションしてやがったな？

職権乱用ってやつか……

「何かあるのか？　ここに」

叶が、鍵と合言葉を俺に与えてまで、この部屋を見せたかった理由がわからない。

しかしすぐに、俺はそれを理解するのである。

「あ……っ」

宝物のように展示されていた一本の刀――

見覚えのある刀が刀台にきっちり収められていて、それを見つけた俺は、思わず後ずさった。

「これは〝外道丸〟だ」

そう。俺の幼少の頃の呼び名でありながら、その名は酒呑童子と呼ばれる頃には愛刀に捧《ささ》げた。そして獄卒の俺が、現在名乗っている名前でもある。

どうして外道丸がここに……

「まさか……大魔縁茨木童子が……以前、地獄に落ちた時に持っていたものか？」

血の気が引いて行く。

乱れつつあった呼吸を整え、睨《にら》むように見据えて、その刀に手を伸ばす。

触れても問題なさそうだったので、刀台から外道丸を持ち上げ、鞘《さや》から刀を抜いてみた。

……ああ。やっぱりしっくりくる。

千年前の、かなり古い代物なのに、手入れがしっかりされているのか錆《さび》はなく、あの頃のように美しい。覚えのある、変わらない鈍色《にびいろ》をしている。

愛刀との再会に浸っていると、

「!?」

真横で何かがチラチラと動いた気がして、俺は持っていた外道丸を構えて、慌ててそちらを向いた。

しかし、真横の壁際にあったものは、薄い布に覆われた巨大な何か。

布の一部がずれていたせいで、それが何なのかは、すぐにわかった。

「……鏡?」

そう。動いたと思ったのは、布がずれて覗《のぞ》いた鏡面に映る、俺自身だった。

正直かなりびびった。脅かすなよ……

「あ！　わかったぞ。これ〝浄玻璃《じょうはり》の鏡《かがみ》〟ってやつだろう？　確か、閻魔大王が罪人の罪を確認する鏡……」

これも、上級獄卒になる為《ため》の試験用に勉強しました。

浄玻璃の鏡というのは、閻魔大王が地獄の罪人を裁く際に使用される、特殊アイテムの一つだ。

俺はその鏡に被《かぶ》さっていた布を、全て剝《は》ぎ取ってみる。

すると、外道丸を持った俺の姿が、全身すっぽり映るほどの大きな楕円《だえん》の鏡がお目見えした。

「……はあ～。見事なもんだな」

メラメラとした地獄の炎を思わせる、赤く波打った鏡の縁取りが立派だ。

表面にヒビが入っていて、今は使われていない古いもののようだが、その鏡には妙な存在感がある。俺はすっかり見入ってしまった。

「え……？」

その時だった。

どこからか声が聞こえた気がして、俺は慌てて周囲を見渡した。

ここに居ることが閻魔大王やその書記官たちにバレたりしたら、俺は確実に獄卒をクビになる。そしたら真紀を無間地獄に迎えに行くことができなくなるからだ。

しかし周囲に人はいない。

辺りはしんと静まり返っており、ここに居るのは俺だけだ。

だが、やはり、聞こえる。

『会いたい……』
その声は、俺のよく知る、世界で一番大切な人の声だった。
まさかと思って、鏡の方に、今一度向き直る。
浄玻璃の鏡に写っていたのは、俺ではない。
「茨《いばら》……姫《ひめ》……。大魔縁茨木童子……」
黒い着物に身を包み、長い赤毛を三つ編みに結った、片腕のない女の鬼。
残った腕で外道丸をひしと抱き、凍《い》てついた表情でこちらを睨《にら》んでいる。
俺は硬直していた。鏡に映るその人から、目を逸《そ》らすことなどできなかった。
だって、この姿の茨姫を俺は知らない。見たことがない。
だが、確かに茨姫だ――
「もしかして、この刀の……外道丸の記憶か？」
俺は一度、手に持つ外道丸を見下ろした。それを握りしめる俺の手は震えていた。
浄玻璃の鏡とは、罪人の記憶を読み取る力がある。
その記憶を証拠に、閻魔大王が処分を下す為だ。
おそらくだが、大罪人遺物であるこの外道丸からも、持ち主の記憶を読み取ることができるのだろう。

俺はギリと奥歯を嚙《か》み締め、再び鏡を見上げる。

今度は覚悟して、彼女を——大魔縁茨木童子を見つめた。

「だったら俺に、茨姫の記憶を見せてくれよ！　俺が死んだ後の、茨姫を……っ」

浄玻璃の鏡に強く訴えた。

俺が死んだ後の茨姫の姿。その行い。

全てを知る術《すべ》などないと、ずっと思っていた。

想像したり、話を聞いたりすることはできても、決してその時代を、記憶を、俺は共有することはできないのだ、と。

茨姫の長い時間の苦しみを、結局何一つ、わかってやれないのではないか、と。

目の前に映り込む彼女の目は冷たい。

鏡越しでも、嫌でも感じ取ってしまうほどの殺意、そして黒々とした妖気。

悲しいほどに美しいこの茨姫が、無間地獄に落ちてしまうほどの何をして、俺の首を追い求めたというのか。

せめて、知りたい。

何を見ても、決して目を背けず、受け止めると誓うから。

俺の切実な願いを聞き届けてくれたのか、鏡は強く光を放つ。

俺が目映《まばゆ》さで目を閉じている間に、意識を吸い込んでしまったのだった。

○

目の前には、曇天と、死臭の漂う戦場が広がっていた。

地獄の景色かと思ったが、違う。

ここは現世。俺たちの世界。

そして時代は、戦国時代だ。

不思議だ。目前の状況や時代などの情報が、自然と頭に入ってくる。

おそらくそれが、浄玻璃の鏡を覗き見るということなのだろう。

だが視覚に訴えかけるだけではなく、轟々《ごうごう》と吹き荒《すさ》ぶ風の音も聞こえるし、人間の唸《うな》り声もあちこちから聞こえる。腐った肉の匂い、血の匂い、錆《さ》びた鉄の匂いも、鼻につく。

鎧《よろい》を纏《まと》った武士たちの亡骸《なきがら》が、うち捨てられたままそこら中に転がっている。

ああ。

曇天の下、黒い血の川が流れ、積み上がった亡骸の上に、その女の鬼は立っていた。

「……茨姫」

亡骸の上に佇《たたず》む彼女は、外道丸を握りしめている。

その目に光はなく、頬や首は血の色で染まっている。

喪服のような黒い着物を纏っているが、身体中が返り血だらけなのもわかる。それくらい、重たくどす黒い色で、彼女自身が濡《ぬ》れていた。それなのに、外道丸という刀だけは艶《なまめ》かしい鉄の光を帯びている。

身にまとわりつく邪悪な気配は、まさに悪妖《あくよう》のそれだった。

茨姫がこの亡骸の山を作ったというのだろうか。

亡骸には、人間も、あやかしもいる。

「ええい、忌々《いまいま》しい鬼女め！　大魔縁を名乗る悪妖め！　いつもいつもいつもいつもっ！

我が覇道を邪魔しおって！」

怒り狂った、男の声がした。

茨姫に対し放たれた言葉だろうか。

茨姫の立つ亡骸の山の下で、刀を地面に突き刺して、それを支えに立ち上がろうとする武士がいる。見た目は若いが、すでに戦いに敗れた男。

あいつ。あの織田木瓜《おだもっこう》の家紋――相手は織田信長《のぶなが》か!?

確か、スイが言っていた。戦国時代における茨姫の敵は、あやかし界でも第六天魔王と名高い、織田信長であった、と。

天下統一を果たしたが、本能寺《ほんのうじ》の変《へん》により明智光秀《あけちみつひで》の謀反に遭い、寺に火を放って自害したのは有名な話だ。

しかしその際、深い憎しみと野心により妖化した信長は、若く頑丈な肉体を手に入れ、のちに第六天魔王と呼ばれ、SS級大妖怪にも名を連ねることになる。

この時代、第六天魔王たる信長は、再びの天下統一を目指し、酒呑童子《しゅてんどうじ》の首を欲していたという。ゆえに、度々茨姫と衝突していたのだ。

茨姫は亡骸の山の上から、織田信長と思われる男を、酷《ひど》く無感情な瞳で見下ろしていた。

「第六天魔王。人の身より妖化したとして、お前ごときでは私には勝てない」

「チィッ。貴様を殺すために魔性と契約して手に入れた物《もの》の怪《け》の肉体。これでも儂《わし》は、貴様に敵《かな》わぬというのか……っ！　悔しい悔しい悔しい悔しいっ！」

織田信長、地団駄をして盛大に悔しがっている。

何だろう、この人、抱いていたイメージと違うな……

「人間相手に天下をとっても、妖怪どもを束ねることができねば意味がないわ！　酒呑童子の首さえあればそれが可能。玉藻前《たまものまえ》はそう儂に言ったのだ！　かの鬼の力が、儂は欲しい！　欲しい欲しい欲しい欲しいっ！」

「…………」

「そうだ。共に妖怪を束ね、この国の真の天下を手に入れようぞ。大魔縁、いや茨姫よ。悍《おぞ》ましいその身を、この儂が愛してやろう！」

茨姫は額に筋を浮かべ、俺が見たことのないような嫌悪と侮蔑の目をして、恐怖を煽《あお》る笑い声を上げた。

「あっははははははは。玉藻前《ミクズ》に誑《たぶら》かされておきながら、私を欲するというのか？　それもあの女の策略か？　どこまでも身の程知らずで、愚かで欲深い人間だ……っ。私が愛するのは、この世でたった一人だというのに！」

笑い声が、屍《しかばね》の野に響き渡り、消えた頃。

茨姫の怒りが、突然の雷のごとく、一帯を押し潰《つぶ》す。

重苦しい妖気のせいで、織田信長は体勢を崩した。

その姿はまるで、茨姫を前に平伏《ひれふ》しているかのよう。

見ているのは刀の記憶。それでもビリビリと感じられる空気の震え、恐ろしいまでの妖気に、俺もまた圧倒されていた。

彼女の姿は、まさに、大魔縁と名高い修羅の鬼そのものだった。

「第六天魔王。お前にあの方の首は似合わない。あれは、シュウ様だけのものだ――」

○

場面が切り替わった。

次に見たのは、見上げるほど巨大な骸骨《がいこつ》だった。

あれは、ガシャドクロか⁉

ガシャドクロは珍しいあやかしではない為《ため》、俺も何度かお目にかかったことがある。しかしあれほど巨大なものは初めてで、ゆうに50メートルはありそうだ。

時代は、江戸時代中期――

江戸幕府が、人工的に生み出した巨大なガシャドクロは、厄災のごとく江戸の街に出現し、暴れて回っている。ガシャドクロが追いかけているのは、赤い髪の女の鬼。

大魔縁茨木童子は、江戸の街に連なる瓦屋根の上を飛び、駆け回りながら、巨大なガシャドクロから逃げていた。

茨姫は大きな怪我《けが》を負っているようで、片腕に、何か、木箱のようなものを抱えていた。

戦わないでいるのは、逃げるだけで精一杯だからか。

「奪い返してやった！」

女の鬼は、逃げながら叫んでいた。

「お前たち人間から、あの方の首を奪い返してやったぞ！」

悲痛さを帯びた叫び声だ。嬉《うれ》しいのか悲しいのか、わからないような……

脳内に情報が流れ込む。

茨木童子は、江戸幕府が陰陽寮《おんようりょう》と共に秘密裏に行っていた降霊の研究——それに酒呑童子の首が活用されているという情報を手に入れた。

そこで江戸幕府の研究機関に忍び込み、酒呑童子の首が収められている箱を奪取。

大怪我を追いながら逃げているところ、江戸幕府は人工的に生み出した巨大なガシャドクロを解き放ち、茨木童子を追いかけた。

ガシャドクロの攻撃は広範囲にわたる。

この街に築かれた営みが壊されていく。

その巨体が移動し、腕が振り落とされる度に、突風や衝撃で、建物や道、橋が壊れて、地面が割れるのだ。

巨大なガシャドクロが人々に見えているわけではないと思うが、人々は泣き喚《わめ》きながら、右往左往している。瓦礫《がれき》の下から、家族を救おうと必死になっている人々もいる。

茨姫は、そんな中でも息を切らして逃げていた。

ただ、茨姫が罪のない江戸の街の人々を、気にしていなかったわけではないだろう。

大魔縁となった彼女は邪悪な妖気を纏いながらも、時折、混乱した人々の様子を気にかけては、苦しそうな顔をしていた。自分がここから遠ざかること以外に、被害を止める方法はないと、きっと彼女はわかっていた。だからこそ逃げていたのだろう。しかし真横から、ガシャドクロが巨大な骸骨の拳《こぶし》を振り上げて茨姫を襲おうとした。

ガシャドクロの肋骨《ろっこつ》に食いついたのは巨大な水蛇《みずち》だった。

ガシャドクロはその衝撃でバラバラに壊れた。それでもすぐに元どおりになるのがガシャドクロというあやかしだが、元に戻る時間を与えることなく、再び攻撃を加える二刀の刃の煌《きら》めきを見た。

水連《すいれん》と、凛音《りんね》か——

茨姫は、眷属《けんぞく》の二人がガシャドクロの足止めをしているこの隙に、敵の視界から離れ、逃げ果《おお》せたようだった。

「はあ、はあ、はあ」

江戸の町の端にある、水路の橋の下に、茨姫はいた。

彼女は大事そうに抱えていた箱を地面に下ろし、もう少しだけ呼吸を整えると、震える手で箱の紐《ひも》を解く。

「…………」

少し遠くから、戻ってきた凛音と水連が、彼女を見守っていた。

ただ、開けた箱の中にあったのは、一つ目の小さな頭蓋骨。

「ああ。また……違うのね」

女の鬼は項垂《うなだ》れた。

そして口を片手で覆って、堪《こら》えきれずにポロポロと泣く。

彼女が、この木箱の中にあると信じていたものが何だったのかは、俺にだってわかる。

それはきっと、酒呑童子の首だったのだろう。


「会いたい、会いたい。会いたいわ、シュウ様……っ」


身を丸めて、細く痩《や》せた肩を震わせて、いつか見たか弱い少女の頃のように、茨姫はシクシク泣いていた。誰のものかもわからない、小さな頭蓋骨を抱きしめて。

そんな彼女の姿を見ているだけで、俺の心も抉《えぐ》られるように痛く、虚《むな》しさと悲しみでいっぱいになる。実際に見ていた眷属たちも、同じ気持ちだったのだろう。

目を逸《そ》らしたいくらいだったが、全てを見届けると、誓ったのは俺だ。

○

また場面が切り替わった。

最初に目に飛び込んできたのは、巨大な赤提灯《ちょうちん》に書かれた雷門《かみなりもん》の文字。

ここは、浅草《あさくさ》。

風神雷神門《ふうじんらいじんもん》――通称・雷門の目の前で、大魔縁茨木童子と、陸軍の制服を纏《まと》った金髪の男が対峙《たいじ》している。この男は、土御門晴雄《つちみかどはるお》か。

大魔縁茨木童子は、明治の初期まで生きた。

それは、去年の秋に京都で凛音に告げられた通りだ。

きっとここが、茨姫の死に場所だったのだと、俺はすでに確信していた。

そして、あの軍人の男……

あの顔と金の髪を見違えるわけがない。格好が違うだけで、叶と同じだ。

土御門晴雄と言えば、大魔縁茨木童子を討ち取った、陰陽寮最後の陰陽頭。

史実にもその名前を残す偉大な陰陽師《おんみょうじ》だ。

安倍晴明《あべのせいめい》の血を引く一族の人間でもある。そうであるならば、顔が似ていてもおかしくないのかもしれないが、それにしても、あいつそのものだ。

どういうことだ。いや、どうもこうもない。

やはりあれは叶だ。それすなわち、安倍晴明だ。

「ここまでだ、茨木童子。……いや、茨姫」

土御門晴雄が口を開いた。

「長かった。お前はもう十分戦った。ここで静かに眠るといい」

淡々とした口ぶりまで、あいつにそっくりだ。

ただ、茨姫は激しい怒りを思わせる目をして、そいつを睨《にら》みつけている。

「まだだ！　まだ、あの人の首を見つけてない……っ」

茨姫は、すでに痛ましい姿だった。

痩せ衰え、体には包帯や呪符《じゅふ》が多く巻きつけられているが、それでもあちこちが腐っている。肉体の限界は見て取れる。生きていることこそが、死ぬほど辛《つら》い状態なのだ。

それでも茨姫は、諦めていなかった。

俺に会うことを、諦めていなかったんだ。

「お前はシュウ様の首がどこにあるか知っているんだろう、土御門晴雄。いや、晴明！」

茨姫は目の前の男のことを、はっきりと〝晴明〟と呼んだ。

「返せ。お前が隠した、あの人の首を返せえええええっ！」

外道丸を振るいあげ、茨姫は土御門晴雄に斬《き》りかかる。

俺には戸惑いのない茨姫の太刀筋がわかる。完全に、命を取りに行く動きだった。

しかし土御門晴雄は、その攻撃を避けなかった。刃《やいば》を自らの体で受け止めた状態で、茨姫の動きを一瞬だけ止めたのだ。

その時すでに、自身と茨姫を中心に、広範囲に渡る結界を張っており、巨大な五芒星《ごぼうせい》が茨姫を捕らえていた。

式神の四神たちが結界の繋《つな》ぎ目に立ち、土御門晴雄の術を支えている。四神がつき従っていることが、すでにこの男が何者であるかを物語っている。

土御門晴雄は両手で複雑な印を結ぶと、

「オン・エンマヤ・ソワカ……ノウマク・サマンダ・ボダナン・ヤマヤ・ソワカ」

閻魔大王、焔摩天《えんまてん》の真言を重ねる。

「急急如律令《きゅうきゅうにょりつりょう》──払い給《たま》え、清め給え」

直後、茨姫は柱のような炎に呑《の》まれた。

「ああああああっ」

彼女の悲鳴が響き渡る。いや、悲鳴というか、断末魔の叫びだ。

焔摩天の力を借りた、その業火に身を焼かれ、悪妖《あくよう》の穢《けが》れすら灰になり、雪のように舞い上がる。

退魔の術の中では、おそらく最高難度のものであろう。

そして今の俺には、それこそがすでに、地獄とアクセスした術であることを知っていた。

「安心しろ、茨姫。先の時代で必ず会える。もう一度、必ず」

土御門晴雄は告げた。

「あの男に、俺が会わせてやる。絶対に……っ」

大怪我を負った体を引きずって、近づいて行く。

もう体のほとんどが炎に焼かれて、見るに堪えない姿となった茨姫の方へと。

「すまない。すまない茨姫。こんな時代まで苦しめて。大妖怪になり果てるまで、追い詰めて。全ては俺が、選択を誤ったせいだ。お前たちを、巻き込んだせいだ――」

土御門晴雄は力尽き、その場に倒れた。

すでに彼もまた、命の灯火《ともしび》を消そうとしていたのだ。

仰向けになり、致命傷を負った箇所に触れて、その手を血に染める。

そして弱々しくも印を結び、何か呪文《じゅもん》を唱えたようだった。その声は小さく、こちらには聞こえない。だがおそらく……泰山府君祭《たいざんふくんさい》の祝詞《のりと》だろう。

すでに瞳には生命の光はない。

彼の周囲に式神たちが集まって、泣きながら「お疲れさま」「また会いましょう」と言っていた。

外道丸を経由して読み取った記憶は、ここでプツンと、テレビを消したかのように途切れる。そして俺の視界は暗転する。

視界が真っ暗でも、俺にはまだ、茨姫を燃やし尽くす炎が見えていた。

茨姫は浅草で死に、因縁の相手であった、あの男も、この地で息絶えた。

だから〝浅草〟だったのだ。

俺たちが転生し、再び出会う約束の地は、この時よりすでに決まっていたのだろう——

○

浄玻璃の鏡が、外道丸という刀を通して俺に見せた、茨姫の戦いの記録。

その最期。

八百年以上の長い年月をかけ、酒呑童子の首を求めて、日本全土を、その歴史を彷徨《さまよ》った史上最悪の悪妖・大魔縁茨木童子。

彼女はその壮絶な戦いの中で多くの罪を重ね、多くの命を奪った。

地獄に落ちるのは必然だったのか。

きっとほとんどの者は「その通りだ」と言うだろう。

「くそ……くそ……っ」

浄玻璃の鏡の前で立ち尽くし、俺は外道丸を強く握りしめ、歯を食いしばって泣いていた。

こんな地獄でやっと思い知る。

茨姫の痛みや苦しみ。

俺が死に、首を奪われたことで始まった長い戦い。

こうやって、実際に目にしてみなければわからなかった。

大魔縁として戦い抜いた、彼女の覚悟と、悲劇的な結末。結果的に茨姫が背負った、大きな業を。

俺はいったい、真紀に何をしてやれた？

あんなにも、俺に会いたいと願い続け、戦い続けた女の子に、今まで何を……

「会いたい……っ」

俺もお前に会いたいよ、真紀。

今すぐお前に会って、詫《わ》びるより先に、抱きしめたい。

胸が張り裂けそうなほど辛くても、知らない方が良かったなんて思わない。

俺にできることは、全てを知った上で、それでも真紀を追いかけること。

俺の人生をかけて、今度こそ真紀を幸せにすること。

その願いが、今となっては途方もなく思えるし、簡単なことじゃないとわかっているけれど、俺は俺に強く誓う。
それは決して、真紀に対する負い目や償いであってはならない。
それは、俺自身が望んだ、手に入れたい未来でもあるのだ、と。

第六話　叶の正体

俺はしばらく、浄玻璃《じょうはり》の鏡《かがみ》の前で項垂《うなだ》れていた。

握りしめ続けた外道丸《げどうまる》が、僅《わず》かに熱い。記憶を読み取られ、昂《たか》ぶっているのだろうか。

それとも、これは俺の熱なのか？

声は出ないが、涙は今も止まらない。

だが、どんなに悔いても大魔縁茨木童子《だいまえんいばらきどうじ》は死んでいる。明治の初期に死んだのだ。

だからもう、死んだ彼女にできることはない。

俺が今からやらなければならないことは、今を生きる茨木真紀《いばらきまき》を救うこと。

その為《ため》に、俺が今すべきことは、いったい何だ。

それは多分、あの男について知ることだ。

「小野篁《おののたかむら》、安倍晴明《あべのせいめい》、土御門晴雄《つちみかどはるお》……叶冬夜《かのうとうや》……」

俺は順番に名前を連ねる。そして自分の涙を拭《ぬぐ》い、気を落ち着かせる。

あの男……生きる時代や名前が違っていても、全てが同じ顔をしていて、同じ声をしていて、同じ金の髪を持っていた。

全ては俺が、選択を誤ったせいだ。お前たちを、巻き込んだせいだ――


土御門晴雄の時代で、あいつは死ぬ間際にこう告げて、茨姫《いばらひめ》に懺悔《ざんげ》していた。

俺にはこの言葉の意味が、全くわからない。

ただ一つ、理解できたことといえば、あれもまた叶であったということ。

叶は決して、安倍晴明の生まれ変わりというだけの存在ではないということ。

あの男は歴史上、何度となく転生を繰り返しては、俺たちに干渉している存在だということだ。


「外道丸の記憶を読み取ったか、酒呑童子《しゅてんどうじ》」

「!?」

顔を上げると、浄玻璃の鏡は俺の背後にいる男の姿も映していた。

俺が今、最も話をしたいと思っていた叶だった。

俺は、ゆっくりと振り返る。

「いつもいつも……音もなく、しかしこの時しかないというようなタイミングで現れるんだな、お前は」

そう。この叶冬夜という男は。

少し離れた場所に立ち、俺を試すような目をしている叶に向かって、俺は問いかける。

「単刀直入に問うぞ。叶、お前は一体、何者なんだ」

それは千年にわたる、謎だった。

「小野篁、安倍晴明、そして土御門晴雄――全部、お前の顔をしていたぞ。お前の本当の姿は、いったい〝どれ〟なんだ」

そうとしか、尋ねようがないじゃないか。

「頼む。答えてくれ。今なら俺は、理解してやれるだろうから」

「…………」

こいつは以前、俺に対し「今のお前では理解できない」と言った。

その時はなんて失礼なことを言う奴だと思っていたが、その言葉の意味を、俺は今になってやっと理解できたのだ。

そう。俺が過去の出来事をこの目で見なければ、この局面にならなければ、話だけを聞いたところで理解できない。納得できない。

答え合わせがまだできていなくとも、その感覚だけは、俺にもよくわかっている。

「言っておくが、安倍晴明が最も有名になっただけで、それは俺の一時代の姿に過ぎない。小野篁、安倍晴明、土御門晴雄……そして、現代の叶冬夜。どれも俺だ」

叶の物言いは、相変わらず曖昧《あいまい》だ。いや、曖昧にされているのか。

だが、その言葉でもう一つだけ確信したことがある。

「お前はやはり、何度も、転生を繰り返しているのか？」

いったい何度……何度、転生を繰り返して今に至っているというのだろうか。

こいつの最初は、いったい、何だったと——

「ふっ。それは誰もが知っているのかと思っていたぞ。聞いたことくらいあるだろう。安倍晴明は、狐《きつね》の子だとか、何とか」

「狐……？　そりゃあまあ、千年前も、平安京《へいあんきょう》ではそんな噂《うわさ》もあったが」

安倍晴明は狐の子。それは生まれつきの金髪や、目つき、こいつの異様な存在感が、当時の人々にあやかしのようだと思われていた。

だが、あやかしにとってこの男は、人間でしかなかったぞ。

俺にも、こいつは人間にしか見えなかった。

狐のあやかしだと思ったことなど微塵《みじん》もなかったが、今の俺はハッと勘付いてしまう。

「まさかお前……お前の〝最初〟が、狐なのか？」

口にした後、思わず自分の口を片手で塞《ふさ》いだ。

それは何だか、全ての物事を繋《つな》ぐための、最後のピースのように感じられたからだ。

そこがわかってしまえば、全てが、繋がってくるようなゾクゾクした感覚が……

「ああ、正解だ」

叶は相変わらず、淡白な返事をした。

ゆっくりとこちらに近づき、浄玻璃の鏡の前に立ち、叶は自分の姿を見据えている。

俺もまた、鏡に映る叶の姿を見て、大きな衝撃を受ける。

そこに映っていたのは、金色の耳と、九つの尾を持つ狐のあやかしだったからだ。

「俺の最初は、九尾狐《きゅうびこ》だ」

「九尾狐……？　それはやっぱり」

「ああ、ミクズと同じだ。しかし今では完全に人間となってしまった。人間という存在に転生を繰り返しすぎて、な」

「……いや、もう、わけがわかんねえよ」

「ミクズと近い力を持っている、ということだ。あいつに九つの命があるように、俺にも九つの転生が許されているのだ。俺とあいつは、同族なのさ」

「………………」

あまりにあっさりと答える。

あまりに衝撃的な話を。

俺はただただ、目を見開いて、口を開いたり閉じたりしながら、その場で固まっていた。

どうしてこいつは、そんな話を、飄々《ひょうひょう》と語れるのだろう。

叶は大したことのないように言うが、千年前の鬼の転生、という自分の存在が可愛らしく思えるくらい、こいつの存在がイレギュラーすぎるのだ。

「いや、いやいやいや、待て。何なんだ、それは」

頭を抱えて、改めて説明を求める。

叶は、目の前に今世紀最大の阿呆《あほう》でもいるかのような、白けた目をしている。

「何だって、何だ。九度転生できる九尾狐、それが俺の正体だと明かしただけなのに」

「いやいや。俺が言いたいのはそういうことじゃない。お前、そんな大妖怪《ようかい》だったなら、どうして今、叶冬夜なんて人間をやってるんだ。お前の目的は一体何だ！」

そう。そこがもはや、わからない。

叶は視線を横に流しつつ、あまり感情を思わせない声音で答えた。

「前に、言っただろう。俺は、お前たちを幸せにするために、ここにいる」

この叶の返事に、俺は思わず声を荒らげた。

「それがもう、わけがわかんねーって言ってんだ！　お前は俺たちの、いったい何なんだ！」

俺は叶に迫る。そして胸ぐらを掴《つか》み、問い質《ただ》す。

「だってそうだろう！　千年前は〝安倍晴明〟として、俺たち大江山《おおえやま》のあやかしたちを苦しめ、滅ぼしたじゃないか！　それなのに今世では、俺たちを幸せにしたいなんて言いやがる。お前が味方なのか、敵なのか、どっちでもないのか、俺にはさっぱりわからない」

怒っているわけでもない。

悲しいわけでもない。

ただ、この男の存在に対する答えが欲しい。

今まで、様々な想像をしてきた。ふらふらと捉《とら》え切ることのできないくせに、俺や真紀の人生に必ずと言っていいほど干渉してくるこの男が、一体、何者であったのか。

高まりつつあった気持ちを、俺は何とか抑え込む。そして話を続ける。

「俺の推察が正しいなら、俺や真紀をこの時代に転生させたのはお前なんだろう、叶」

「………………」

「お前は〝小野篁〟として地獄《じごく》とコンタクトを取ることができたし、〝安倍晴明〟として泰山府君祭《たいざんふくんさい》を心得ていた。何なんだ。都合が良すぎる。まるで、この時代のために転生を繰り返して、準備してきたみたいじゃねーか！」

「鈍感なお前にしては、察しがいいな」

「鈍感って何だ」

いや、確かに俺は鈍感かもしれない。

いやいや、今はそんなこと関係ないだろ。いまだに今世紀最大の阿呆でも見るかのような目はやめろ。

しばらく沈黙が続いたが、叶はやがて「そうとも」と答えた。

「酒呑童子と茨木童子を現世《うつしよ》に転生させたのは俺だ。お前たちが同じ時代に、同じ場所に、人間として生まれ変わるよう調整した。なぜなら俺は、この時代に全てを懸けたからだ」

「……は？」

「全ては、ミクズを葬るために」

叶の宣言に、俺は大きく目を見開く。

それは、想像とは程遠い、予想外な答えだった。

だが、少しずつ繋がっていく。パズルのピースが……

「ミクズを……葬るため？」

「そのためには、俺は酒呑童子や茨木童子という鬼を、人間として転生させる必要があったのだ」

俺にはまだ、叶の言葉の意味がよくわかっていなかった。

ただ一つ納得できたことがあったとすれば、こいつの目的。

ミクズを倒す。

それだけのことが、とても難しかったということ。

ミクズの、一度殺しただけでは葬れない〝九つの命を持つ〟能力を鑑みれば、この男がいくつもの転生と、これほどの年月を必要とした理由が、理解できないわけではなかった。

「……はあ」

叶はあからさまなため息をついて、腰に手を当てた。

「いつかお前に説明してやる日が来るとは思っていたが、いざその瞬間になると、もうどこから話していいのかわからん……というか、お前なんぞに今更話す必要があるのか？」

「いや、いやいや勘弁してくれよ叶。ここまできてボケたこと言わないでくれ。さっさと説明してくれ！　お前、一応教師だろう！」

「………………」

なんかやる気のなさそうな顔をして、黙り込むむし。

ここまできて語るのをしぶっている叶に対し、俺は恥じらいもなく縋《すが》って、何度も懇願する。頼むよ。ここまで言ったんだから話してくれよ。一生のお願いだから、と。

「そうだな……」

叶はちょっとだけやる気が出たのか、少しずつ語り始めた。

「では俺とミクズが、はるか昔、いったいどこの何者だったのか、から話してやろう。先ほども言ったが、俺とミクズは九尾狐だ。それも現世のあやかしではなく〝常世《とこよ》〟という異界のあやかしだった」

「え……？」

これまた予想外な答えがポンと出てきた。

行ったことはないが〝常世〟という異界の存在くらいは俺も知っている。上級獄卒になるための試験勉強でも学んだ。

高天原《たかまがはら》、黄泉《よみ》の国、現世、隠世《かくりよ》、常世、地獄――

この六つの世界が、一つの巨大な世界体系を形成しているわけだが、常世というのは現世と同じ生者の世界で、確か、人類とあやかしが覇権を争い続ける混沌《こんとん》とした世界だと聞いたことがある。

あまりに戦争が続くので、人もあやかしも住む土地を失いつつある、終末世界だとか。

「その通りだ。常世という世界は、すでに死に向かう世界……。今から行うのは、異界の歴史の授業だ。よく聞いておけ、酒呑童子」

思い出したように教師らしい面を見せつけつつ、叶は少し遠い場所を見るような目をしながら、俺に授業を始める。

「常世――。そう呼ばれる世界では、もう長い間、終わりのない戦争が続いている。いいか。それは、人とあやかしの戦争だ」

それこそがポイントとでも言うように、叶は念を押した。

「長い戦争は、対あやかし兵器、対人間兵器などを生み出した。お前たち大江山のあやかしたちが、千年前に飲んだ〝神便鬼毒酒《じんべんきどくしゅ》〟もまた、常世で生み出された、対あやかし兵器の一つだったわけだ」

「な……っ」

それは衝撃的な事実だった。

しかし確かに、あの〝神便鬼毒酒〟にはあやかしの霊力を封じる力があり、効果は覿面《てきめん》だった。そのせいで、大江山のあやかしたちは劣勢を極め、滅びたのだから。

「常世では、争いが繰り返される度に大地は抉《えぐ》られ、地中深くに眠っていた邪気を地上に放出させた。それが漏れ出る土地には、人もあやかしも住めないのだ。地獄の邪気に、鬼以外が耐えられないのと同じようにな。そして住める土地が減るほどに、土地を奪い合って戦争は悪化する。この悪循環から抜け出すことのできない世界が〝常世〟という世界だ」

叶は懐から紙と筆を取り出し、常世の地図らしきものを、大雑把に描いてみせた。

その地図は、現世の世界地図にも似ている。しかしどこかが、少しずつ違う。

少し大きめな日本っぽい島国もあるが、なぜか九州がない。そのような感じで何かが違う。

叶は、その九州のない日本列島を指差した。

「ここが、常世における〝あやかしの国〟だ。天津国《あまつくに》という」

「天津国？　常世のあやかしの国は、そこだけなのか？」

「そうだ。昔はもっと多くのあやかしの国があったが、大半が滅び、今ではもう天津国だけ……そして、天津国の頂点に君臨するのが〝九尾狐の一族〟――」

叶は、トントンと、地図上の島国を指で突く。

「俺もまた、最初は天津国にいた九尾狐の一人だった。ただ、俺が九尾狐だった頃の天津国は、別のあやかしが王として治める国だったのだ。これが何かわかるか？」

「いや……」

俺は首を振った。叶は告げた。

「お前と同じ、鬼、だよ」

「…………」

はるか昔、常世で最も力のあったあやかしは〝鬼の一族〟だったと叶は言う。

しかしどうして、あやかし側の覇権が九尾狐に移ったのだろう。

内輪揉《うちわも》めでもあったんだろうか。

叶は俺の疑問を感じ取ったように、淡々とその答えを述べた。

「遥《はる》か昔、九尾狐の一族が、鬼の王に対し謀反を企てたのだ。狐たちの陰謀によって引き起こされた大反乱により、天津国は〝鬼〟ではなく〝狐〟が統治することになった。必然的に、常世のあやかしたちは狐によって支配されたのだ。そして鬼は立場を追われ、不浄な存在として常世を追放された。常世を追われた鬼たちは、現世や、隠世へと逃げたという。この地獄に逃げた鬼も大勢いる。地獄は鬼にとって、どこよりも水の合う世界だからな。仕事もあるし」

た、確かに……地獄では、鬼にしかできない仕事が豊富にある。獄卒になれば公務員なわけだし、食いっぱぐれることはねえ。

「ん？　ちょっと待てよ。常世のあやかしたちの壮大なお家事情は何となくわかった。だが、それがいったい、今のお前や俺たちとどう繋《つな》がってくるんだ？」

「急《せ》かすな、酒呑童子。全ては繋がっている」

叶は目の前の紙に、女の狐《きつね》の絵を描いた。

何となくミクズに似ているが、やはりミクズのようだった。流石《さすが》に教師をしているだけあって、絵心があるな……

「まず、このミクズだ」

叶は自分で描いたミクズの絵を指差す。

「天津国で大反乱を引き起こし、覇権を〝鬼〟から〝狐〟にもたらしたのが、まさにこの女狐ミクズなのだ。ミクズは九尾狐の一族の、やり手の諜報員《ちょうほう》。スパイといったところか」

「スパイ……？」

「それがミクズの専売特許だ。あいつは現世でも、似たようなことを散々やっている」

確かにミクズは古代中国の名高い悪妃である〝妲己《だっき》〟や、平安時代の大妖怪《ようかい》〝玉藻前《たまものまえ》〟として、現世の歴史にも名を残していた。

「ミクズのやってきたことといえば、国の権力者に擦り寄り、その国を破滅させること。そう、それは、大江山の悲劇とも重なるだろう」

「…………」

俺は暫《しば》しの沈黙の後、やっと声を絞り出す。

「なぜミクズは、そんなことをするんだ」

「常世は住める土地の少ない、終末世界だと言っただろう。滅びは現在進行形で、常世の国々は新たな土地を欲している」

叶は言う。

特にあやかし側は、人間たちとの戦争において劣勢を極めており、もはや後がない、と。

「要するにミクズが負った任務とは、現世における、あやかしたちの国づくり。今ある現世のあり方を破壊し、現世に新たな〝あやかしの国〟を築くことだ」

それは後に、常世が滅んだ場合の、保険とするため。

未来で何かあっても、この地に常世のあやかしたちが、逃げてこられるように。

叶は、そんな言葉を淡々と連ねた。

どこぞのSF映画の話でも聞いているかのようで、俺にはまるで、実感がない。

叶が都合の良《い》いような作り話でもしているのかと思ったが、今までずっと謎めいていたミクズの行動とも、辻褄《つじつま》があう。

ただ……

「叶。お前だって常世の九尾狐だったんだろう。常世のあやかしたちにそんな事情があるのなら、どうしてミクズを討とうとする。ミクズに現世をめちゃくちゃにさせた方が、お前たちには都合がいいんじゃないのか」

「言ってなかったか？　九尾狐はもともと、鬼に仕えていた一族だった」

「え……？」

いや、聞いてませんけど。

叶は俺の戸惑い顔を物ともせず、ポツポツと、何か懐かしむような表情で語る。

「鬼が王なら、狐は宰相ポジションだったわけだ。常世あやかしにとっては、そっちの方がまだ、平和で安泰だった。鬼の王は、人間たちと不戦の協定を結ぼうとしていたからな」

だがそれを知った九尾狐によって、王の座を奪われて、鬼という存在は常世から追い出されてしまった。

「しかし九尾狐の中には、鬼の王に仕えていた頃の忠誠心を忘れていない者たちもいるのだ。俺もどちらかというと、そっち寄りの狐でね。それに……俺の中にも、僅《わず》かだが鬼の因子がある」

叶は自らの手を見つめながら言った。

鬼の因子を持つからこそ、こいつは地獄でも平気そうにしているのだろうか。

「今は、常世の戦火を現世に持ち込まないために動いている。ミクズを止めるのが、俺の役目だ。しかし俺にはミクズを倒すことはできない」

「なぜだ。お前ならミクズを倒すことくらい、わけなかったはずだ」

「もちろん、何度かあの女を葬ったことはある。九つの命を持つあの女の、三つの命を奪ったのは、この俺だからだ」

三つ……

その数字に、ピンときた。確か真紀も大魔縁茨木童子だった頃に、三つミクズの命を討ち取ったことがあると聞いた。要するに、こいつと合わせて六つ。

だから、今世でミクズと再会した時、ミクズの尾は九から六を引いた、残り三つだったと言うわけか。ミクズの命は、その尾の数だというから。

「だが、それでもお前ならミクズを倒せるんじゃないのか？　最強の陰陽師《おんみょうじ》、安倍晴明だったんだぞ、お前は。現に今までも三度葬っているんだろう」

俺の、誰もが抱くであろう至極まっとうな意見に対し、叶は鼻で笑う。

「甘いな。あの女は転生を繰り返す度に強くなる。特に今だ。最後の一つの命の時が、最も強いのだ」

「え……？」

なにその設定。

ダメージを受けたら受けただけ強くなるゲームのラスボスみたいな。

「信じられないかもしれないが、事実だ。だからあいつは、意外とあっさり、お前やお前の部下に殺されたのだ。残り一つの命になっても、より強い力を手に入れることができるのなら、惜しくはなかったのだろう」

「そ、それって最悪じゃねえか。常世の九尾狐ってのは、そんなバケモノばかりなのか？」

「ここまで追い詰めなければ、奴を完全に葬ることもまたできなかったのは事実だ。あの女は逃げ足も速く、百年や二百年、姿を晦《くら》ますこともザラだったからな。ゆえに、これだけの年月がかかってしまった……」

叶は改めて俺に向き直る。

奴の表情は今までと違って切実だった。

「酒呑童子。お前は俺が、今もまだ最強の陰陽師だと思っているのかもしれないが、俺にはもう、あまり力は残っていない。九度の転生を繰り返した。転生を繰り返す度に元の姿を忘れ、力が失われていく。それが俺だ。ミクズとは真逆でな」

「叶。お前……」

「だが、もしあいつを唯一倒せる者がいるとすれば、それは〝人〟か〝鬼〟なのだ。なぜなら人は、常世におけるあやかしの天敵であり、鬼は本来、狐の上に立つあやかしだったからだ」

そして叶は告げた。

ただ、ミクズを打ち倒すだけではダメなのだ、と。

ミクズの背後にあるのは常世の覇権争い――

たとえミクズを葬っても、常世の連中が現世を諦めなければ、似たような脅威は再び現世に現れる。

「だからこそ、現世を狙う常世の連中に見せつけてやらないといけない。現世には、人とあやかしを同時に守る〝鬼〟がいるんだってことを。人とあやかしが手を取り合い、平和を守っているんだってことを」

「…………」

「そういう世界が、あるんだってことを」

そこには、叶の願いにも似たメッセージが込められている気がした。

今の今まで、こいつの目的がわからず、得体が知れないとばかり思っていた。感情などどこにもないのではないかと思っていた。

だが、今の話を全面的に信じるならば、こいつは誰より、目的を持って行動していた男だったのかもしれない。こいつに強い信念があったからこそ、ミクズは今、最後の局面まで追い詰められているのだ。

だが、ならば俺たちの千年前の戦いとは、結局……

「なあ、叶」

俺の声音は低かった。

「だったら、千年前の俺たちは、お前たち常世の連中の覇権争いとやらに利用されただけなのか？　そのせいで、俺たちの国は滅ぼされたって？　あの悲劇は、そんなことのために起こったっていうのか？」

その声は震えていた。

叶はしばらくして、淡白な声音で「そうだ」と答えた。

「ミクズは酒呑童子に上手《うま》く取り入って、その力を操ろうとした。あやかしにとって都合の良い狭間《はざま》の国《くに》を奪って、現世攻略の足がかりとしようとしたのだ。しかし酒呑童子はミクズに操られることなく、一途《いちず》に茨姫を愛し続けた。ミクズの思惑通りにはいかず、酒呑童子は人の世を手に入れようともしなかった」

「……だからミクズは、俺たちを裏切ったのか」

「そうだ。ミクズは狭間の国を見限って、敵に狭間の国の情報を売った。あいつは見限った国を無茶苦茶にして滅ぼすのが得意だからな」

俺は奥歯をグッと食いしばる。

千年前の悲劇を、惨劇を、忘れることなどできないから。

「見限ったんなら……っ！　勝手に出て行けばよかっただろう！」

ミクズに対する怒りを、叶を相手に吐き出した。

「おもちゃは壊して捨てるのが、あいつのやり方だ。のちの脅威とならぬように」

「ふざけるな、ふざけるな……っ」

「お前の気持ちはよくわかる。本当は、千年前にミクズを討つことができれば良かった。だが、ミクズの方が一枚上手で、俺にはもう、あの時代に、ミクズを倒すこともお前たちを救うこともできなかった。だから次の時代に懸けたのだ。俺はお前たち、大江山のあやかしを見捨てた」

「…………」

「許せ。全部俺の責任だ」

言葉にならない、複雑な感情が俺を責め立てる。

だが、今更、こいつに当たったところで過去が変わるわけではない。

こいつに俺たちを守る義理があったわけでもない。

俺たちの過去を守ることができなかったのは、俺が甘かったからだ。

俺が仲間を信じすぎたからだ。俺に力がなかったからだ。

知っている。わかっている。

故に怒りを拳《こぶし》の中で握りしめ、それが叶相手に溢《あふ》れ出してしまわないように、ギリギリのところで抑え込んでいた。

「……だが、ミクズにも俺にも、誤算はあった。それが〝茨姫〟の存在だ」

叶のその言葉に、俺は伏せていた顔を上げる。

茨姫の名前が出たからだ。

「茨姫は大江山の戦いでも生き残り、のちに大魔縁茨木童子として強大な力を得て、仇《かたき》である者たちを討ち取った。長い年月の間ミクズを追い詰める存在となったし、あいつは俺のことも、絶対に許しはしなかった」

「茨……姫」

少しだけ、考えた。

そうだ。茨姫……。俺は叶に再び問いかける。

「茨姫……茨姫だ。そう、茨姫が鬼になった時、安倍晴明は何をした。何をしようとしていた。あいつを座敷牢《ざしきろう》に閉じ込めて、苦しめていたじゃないか……っ」

今も覚えている。座敷牢に閉じ込められた茨姫が、酷《ひど》く痩《や》せ細り、呪符《じゅふ》の苦痛によって死をも懇願していた姿を。

叶もまた、それを覚えていると言うような反応を見せ、僅かに視線を下げる。

「人に戻すためだった」

「………」

「肉体を極限まで弱らせる以外に、鬼化した者を人間に戻す方法はなかった。しかし……結果として、茨姫の鬼化を防ぐことはできなかった。全部俺の、選択ミスだ」

叶は俺に語って聞かせた。

はるか昔、常世より追い出された鬼たちが現世に逃げてきて、人に化けて人との間に子をなした。人間との共生を図るためだったという。

その子孫には、鬼の因子が宿る。鬼の因子がある人間は、何か強いストレスを与えられると、ごく稀《まれ》に鬼化することがあったという。

平安時代は特に鬼化する人間が多かったらしく、俺や茨姫もそうだった。

要するに俺たちには、御先祖のどこかに鬼が居たのだろう。

「はは……」

自分の、乾いた笑い声が虚《むな》しく響く。

「だったら、俺も、選択ミスだ」

そして俺は、静かに、その場に崩れ落ちる。

自分の顔を、片手で覆った。指の隙間から見えるのは、かつての自分の過ちだ。

「俺があの時、茨姫を連れ去ったりしなければ……茨姫は人間に戻れたってことなんじゃないのか……っ」

叶の言う通り、あのまま茨姫が極限まで弱り切るのを待っていれば、茨姫は人間に戻れたのかもしれない。

そうすれば彼女は人間として生きることができたし、大江山の悲劇を味わわせることもなかった。悪妖《あくよう》に成り果てることもなかった。

あんなに長い間、酒呑童子の首に囚《とら》われて、戦い抜いて、苦しんで死ぬこともなかった。

地獄に落ちる必要もなかった——

「俺が、茨姫と出会わなければ……恋をしなければ……あいつを連れ去って、妻にしなければ……っ」

真実が露《あら》わにした、残酷なもの。

全部、最初から間違っていたのだ。

結局俺が、俺の選択が、真紀をずっと苦しめている。

自分への失望で泣けてくる。償いきれない罪を犯したのは、茨姫ではなく、俺の方だ。

そうだ。俺が茨姫を好きにならなければ、こんなことにはならなかった。

「それは違うぞ、酒呑童子」

叶は俺の前に膝《ひざ》をつき、左右に首を振る。

「この現世という世界には必要なことだった。お前たちが結ばれたのは必然だ」

「……必然？」

「結果として、それがミクズを追い詰めたのだ。酒呑童子と茨姫の出会いこそが……っ」

項垂《うなだ》れていた俺は顔を上げる。

あの叶が俺の肩を摑《つか》んで、熱を帯びた声で訴えるのだ。

「そもそも茨姫は、お前と出会わない人生など望みはしないだろう。茨姫があのまま人間に戻ったとして、その心は死んだままだ。のちに幸せな人生を送れたとは、到底思えない」

「…………」

「お前は茨姫の命を救っただけじゃない。壊れかけていた心を癒《いや》し、彼女に希望を与えたのだ。お前は、狭間の国で幸せな時間を過ごした、茨姫の姿を忘れたのか？」

いいや。

俺はすぐに思い出すことができる。

俺の妻になった後の、茨姫の笑顔や、幸せだと言って泣いた姿。

お互いに告げた愛の言葉。その声、温《ぬく》もりを。

「明治時代の初期……あの頃の俺は、土御門晴雄という名の陰陽頭だった。大魔縁茨木童子を討ち取って、俺もまた深手を負っていて死んだ。お前がその鏡で見た通りだ。その時、俺は茨姫に誓った。もう一度、酒呑童子に必ず会わせてやる、と」

それは、土御門晴雄が茨姫に告げた、最後の言葉。

俺も、浄玻璃の鏡を覗《のぞ》いて聞いた。

──安心しろ、茨姫。先の時代で必ず会える。もう一度、必ず。

──あの男に、俺が会わせてやる。絶対に……っ
「茨姫は、たったそれだけのことを、ひたすら願っていたのだ。お前に恋をした幼い少女の頃のまま、純粋に、ただ、お前にもう一度会いたかった」

「…………」

「結局のところ、大きな何かを覆す力、変えていく力とは、そういった〝愛〟の力によるところが大きいのだろう。俺はそれを、茨姫の、酒呑童子への愛を貫く姿を見ていて思い知ったのだよ」

叶らしからぬ言葉を聞いて、耳を疑った。呆気《あっけ》にとられたともいう。

「……お前が、愛を語るのか」

「何。俺にだって、愛はある」

ただ叶は、思いのほか、晴れ晴れとした顔をして言うのだった。

「愛がなければ、お前たちを幸せにしたいなんて思わない」

俺はその時、叶の、本当の姿というものを見た気がした。

今になって、秘密主義者だったこの男が、全ての真実を俺に教えてくれたこと。

それは今世で全てのケリをつけるという、叶なりの覚悟にも思える。

少なくとも、俺にはもうこいつを憎んだり、恨んだりすることができそうにない。コンプレックスは、いまだにほんの少しだけあったとしても。

今世でもう一度、真紀と俺を巡り合わせてくれた。

幸せになるチャンスを与えてくれた。

それができたのは、この男だった。それでもう十分だ。

そして、この男もまた——

九度目の転生が〝叶冬夜〟であるのなら、こいつの人生も、今世で終わるのだ。

第七話　地獄の果てまで

八つある地獄《じごく》の最深部。

最も罪深い罪人が落とされる地獄を〝無間地獄《むげんじごく》〟という。

罪人たちには、転生する為《ため》に与えられる地獄での刑期というものがあり、その年月を地獄で決められたのち、責め苦に耐えて、やっとの事で新たな命に生まれ変わるらしい。

しかし無間地獄に落ちた罪人は、宇宙が生まれて終わるまでの、永遠と言っていい時間をそこで過ごさなければ、生まれ変わることができない。

それほどまでの罪を真紀《まき》に背負わせた。

俺にできることはいつだって、彼女を迎えに行くことだけなのだ。

たとえそこが、地獄の果てでも。

地獄には第一階層から第七階層まで、一般鬼も乗り込むことができる地下鉄が存在している。

つい最近、この地下鉄を鬼蜘蛛《おにぐも》一派がジャックして暴れまわっていたが、あの後、破壊された線路や車両が修復され、今では何事もなく運行再開している。

俺たちは第七階層までこの地下鉄に乗り、第七階層から第八階層に向かうため、上級獄卒しか乗ることのできない特急に乗り換える。

それだけ無間地獄というところは恐ろしいところで、特殊な訓練を受けた獄卒以外が安易に足を踏み入れると、たとえ罪人でなくとも精神を壊されるという。閻魔大王《えんまだいおう》の書記官見習いの秋雨《あきさめ》も、俺に気をつけろと言っていた。

「ここが……無間地獄……」

階層が切り替わるタイミングで列車が地中から出て、その世界の景色を拝める瞬間がある。

窓から見える光景に、新人上級獄卒の誰もが絶句した。

それは、どこまでもどこまでも、彼岸花が咲き乱れる平たい世界。

それ以外に何もない、恐ろしく寂しいところだ。

第八階層における獄卒たちの拠点は、地下鉄の駅と繋《つな》がった地下街にある。第八階層の地上に出るのは任務の時だけと決められているからだ。

というのも、無間地獄に咲く彼岸花は、強力な鬼の因子を宿しており、これがとても恐ろしい。

罪人たちはこの彼岸花の毒素に当てられ、恐ろしい幻覚を見たり、眠りに誘われ生前の夢を見たりするという。

それだけ聞くと、他の階層の責め苦に比べたら緩いのではないかと思うかもしれないが、目覚めた時に、何もない地獄にいるという現実を目の当たりにすることで、酷い絶望感と虚無感に襲われるそうだ。それが、彼岸花の毒素の効果なのだとか。

夢による幸福感、そして目覚めの絶望感——虚無感。

これを絶え間なく繰り返すうちに、徐々に心が蝕《むしば》まれ、生前の記憶や人格が失われていくという。無間地獄に落ちるほどの大罪人であれば、全てをゼロに戻して、まっさらな魂にしなければ、転生などさせられないということだ。

正直、真紀が今、俺のことを覚えているのかどうかも定かではない。

もう、俺の知っている真紀じゃないかもしれない。

それでも真紀に会いたい。

そういえば、浅草で真紀と再会してからというもの、こんなに長い間会うことがなかったのは、初めてだった。

それだけ俺たちは、いつも当たり前のように、一緒にいた。

俺たちが第八階層に到着して間もなくのことだった。

「大魔縁茨木童子《だいまえんいばらきどうじ》だ！　大魔縁茨木童子が現れたぞ！　お前たち新人も出動だ！」

先輩の上級獄卒たちが慌てた様子でやってきて、俺たち新人上級獄卒に指示を出す。

俺はちょうど、待合室のようなところで外道丸《げどうまる》の手入れをしているところだった。

あ、そうそう。かつて酒呑童子《しゅてんどうじ》の刀だった外道丸。

俺はこいつを閻魔大王のコレクションより拝借し、無間地獄に持ってきたのだった。

閻魔大王にバレるのは時間の問題かもしれないが、叶曰《かのういわ》く、これは俺が持っていた方がいいだろう、とのことだった。

「真紀、待ってろ……」

外道丸を鞘《さや》に収め、俺は獄卒仲間たちと共に、彼岸花の咲き誇る地表に出る。

「う……っ」

「ゲホゲホ」

外に出た途端、獄卒たちに目眩《めまい》があったり、噎《む》せたりする者もいた。俺は平気だったのだが、肌を刺すような嫌な感じには気がついていた。

これが、無間地獄……

鬼は唯一地獄の邪気に耐えられるというが、無間地獄の邪気は今までの地獄とは段違いで濃い。咲き誇る彼岸花が、地中の邪気を吸い上げて、毒素として空気中に放出するのだとか。俺たちは事前に、その毒素が効かないよう術を施して挑んでいるのだが……

逆に、この地獄に落ちてきた罪人は、最初に上級獄卒によって捕らえられ、罪人としてのナンバーを登録された後、彼岸花の毒素が効きやすい術をかけられるという。

しかし真紀は、依然として無間地獄を逃げ回っており、その術がかけられていない。

なので、上級獄卒たちは真紀を捕らえようと必死になっているのだ。

そんなことは、地獄でも前代未聞だと閻魔大王は言っていた。しかし俺は、真紀がこの場所で、獄卒たちから逃げ切ることができる理由に気がついていた。

「あっちだ、あっちにいるぞ！」

無間地獄に咲く彼岸花の野の中で、上級獄卒の誰かが叫んだ。

彼の指差す方角に、花畑を横切る黒い影がある。

そのシルエットを見ただけで、俺はすぐに彼女の輪郭を捉《とら》え切ることができた。

――大魔縁茨木童子。

それは先日、浄玻璃《じょうはり》の鏡《かがみ》で見た大魔縁茨木童子の姿に違いなかった。

真紀は地獄に、大魔縁の姿で落ちていたのだった。

「待て！　逃すな！」

「百目《ひゃくめ》だ！　百目を呼べ！」

上級獄卒たちが刀を手に持ち、彼岸花の野に散る。

また、法螺貝《ほらがい》を吹いて何かを呼び寄せている上級獄卒もいる。

百目と呼ばれる、無間地獄にだけいる式鬼を呼んでいるのだ。

その名の通り、百の瞳を持つ巨大なカラクリ式の鬼なのだが、無間地獄は生身の獄卒が活動できる時間が限られているため、この百目が多く解き放たれている。

だが獄卒よりも百目よりも先に、大魔縁茨木童子に向かって走っていたのは、俺だった。

ここにいる大罪人は、たとえ獄卒から逃げ切れたとして、咲き誇る彼岸花の責め苦からは絶対に逃れられない。

その毒素は、確実に茨姫《いばらひめ》の魂から、感情や記憶、人格というものを削り取っている。

俺は一刻も早く、彼女をこの場所から救い出さなければならなかった。

「待て！　茨姫！」

逃げる茨姫に手を伸ばしたが、直後――

上から巨大な何かがズシンと落ちてきて、その衝撃で、俺と茨姫は左右に飛ばされた。

手足のないダルマのようなフォルムに、鬼らしき角と牙《きば》。

その名の通り、表面に百の瞳を持っている、カラクリ式の鬼、百目だった。

『悪いゴはイネが～』

異様な機械の鳴き声を轟《とどろ》かせ、百目はゴロゴロと転がりながら茨姫を追いかける。

しかし茨姫は迎え撃つ構えを見せ、持っていた刀を振り上げて、そのカラクリをいとも簡単に一刀両断したのだった。

「な⁉」

新人の上級獄卒たちが衝撃を受けていた。

百目は地獄の超合金でできており、そう簡単に、斬ることも破壊することもできないと教えられていたからだ。

スクラップとなった百目は、百の瞳を不安定に瞬《しばたた》かせ、『悪いゴ、悪いゴ』と唸《うな》る。

見るも無残な百目をガツンと踏みつけて、茨姫はその上に登り、俺たち獄卒を静かに見下ろした。

「………………」

緩い風に吹かれて、喪服のような衣装と、三つ編みに結われた長い髪、額に張られた大魔縁の呪符《じゅふ》が翻る。

茨姫と獄卒、睨《にら》まれた獲物はどっちだったのか。

足が竦《すく》んで、声も出ない。息もできないような沈黙がとても長く感じられた。

ああ、お前が……

「大魔縁……茨木童子……」

翻る呪符の隙間から、冷たく見下す彼女の、燃えるような赤い瞳が見えた。

恐ろしくも美しい。

その目に囚《とら》われてしまったら、たとえ同じ鬼、上級獄卒であっても、自分が格下だと思い知らされる。

心臓が凍《い》てつくような視線だった。

俺ですら、彼女があんな目をするなんて知らなかった。

どこかで獄卒のものを奪ったのか、手には刃の欠けた刀を持っている。彼女はその刃を握りしめ、常に自分の血で濡《ぬ》らしているようだった。

誰もが茨姫の存在感に圧倒され、恐れを抱き、言葉を失っていた。

その隙を見て彼女は刀を構える。

あ、マズい。これは、みんなまとめて場外さよならホームランの構えだ。

「待て、茨姫！　やめろ！」

俺の叫びも虚《むな》しく、茨姫はその刀を大きく振りかぶり、勢いよく斜めに振り落とす。

直後、莫大《ばくだい》な霊力の波動が、広範囲に散った獄卒たちを根こそぎ吹き飛ばす。この技のせいで、今までも獄卒たちは茨姫に近づけず、逃げられてしまっていたらしい。

俺は外道丸を地面に突き立ててしゃがみ込み、その波動に飛ばされてしまわないよう耐えていた。

そして、絶え間なく襲いかかる霊力波の隙間から、俺は茨姫の、今にも泣き出しそうな顔を見る。

「茨姫……っ！」

身を裂くような向かい風の中、俺は外道丸を握りしめたまま、踏ん張って進む。

身体中のあちこちに切り傷を作りながらも、徐々に速度を上げ、走る。

無間地獄の階層長が「待ちたまえ新人！　早まるな！」と呼び止めていたが、俺はかまわず茨姫を追いかけた。

今ここで茨姫を見失ってしまったら、もう二度と彼女に追いつけない気がする。

逃がすものか。見失うものか！

「茨姫！　逃げるな！」

百目から飛び降りて、そのまま逃走しようとする茨姫に追いつき、その腕を引いた。

「触るな！」

しかし彼女は振り返りながら、持っていた刀を振るって俺を遠ざけた。

俺は腕に薄く傷を作る。

「お前も私から奪うのか！」

彼女の目、その表情からは、俺に対する愛情はひとかけらも感じられず、憎悪と嫌悪ばかりが滲《にじ》んでいる。

そんな目は、今の今まで、茨姫からも真紀からも向けられたことがなかった。

「茨……姫」

きっと俺のことを忘れているのだろう。

ズキンと胸が痛む。無間地獄に居たせいだとわかっているし、想定はしていたけれど、これは辛《つら》い。愛する人に忘れられることが、こんなに辛いとは……

直後、茨姫は俺に向かって躊躇《ちゅうちょ》なく斬《き》りかかる。

まさに茨姫が獲物を刈り取らんとする迷いのない動きだった。

「……っ」

俺もまた、咄嗟《とっさ》に外道丸で、彼女の攻撃を受け止める。

重い。外道丸でなければ刃が折られていたかもしれない。

攻撃を防がれた茨姫は、今度は低い体勢で、瞬く間に俺の懐に飛び込む。

この刹那《せつな》、俺の視線と、茨姫の視線が交差し、彼女の口元に邪悪な笑みが浮かんでいるのを、俺は見た。

——殺される。

死を意識した。俺の知らない茨姫の太刀筋だった。

しかし外道丸という刀は、それをもよく覚えているというように、茨姫の刃を受け止め攻撃を往《い》なす。俺もまた、結界術を使って茨姫から距離を取る。

「はあ、はあ、はあ」

ただ一度切り結んだだけで、悪妖《あくよう》と化した彼女の力に恐怖を感じ、体は冷え込み、手は僅《わず》かに震えていた。

なるほど。これが大魔縁茨木童子という大妖怪なのか。

「鬼は嫌い。鬼は嫌い。鬼は嫌い」

茨姫もまた、軽くふらついている。

どうしたのだろう。頭に手を当てて、ブツブツと呟《つぶや》いていた。

「もう嫌だ。頭が痛い。お前は誰だ」

「……茨姫」

「やめろ。思い出したくない。お前は怖い。逃げてしまいたい。もう、何もかも全部忘れてしまいたい……っ」

茨姫の吐き出す悲嘆の声に、俺は大きく目を見開く。

忘れたい……

そうか、そうだ。

目の前の茨姫は、記憶を完全に失《な》くしているわけではない。むしろ、彼女はこのまま何もかもを忘れてしまいたいと願っている。

それは決して、無間地獄の責め苦のせいだけではない。

そして、前世の辛い記憶のせいだけでもない。

現世《うつしよ》に居た頃からずっと、多くのものを抱え込んで、彼女の心は限界だったに違いないのだ。

俺のこと、眷属《けんぞく》のこと、叶のこと、ミクズのこと、来栖未来《くるすみらい》のこと――

また何かを失うかもしれない。

全てを守らなければならない。

だけど現実は残酷だ。

日々の緊張感と、プレッシャー。未来への不安。

心が静かに擦り切れて、真紀は笑顔の裏側でいっぱいいっぱいだった。それを一つも、表に出すことはなかっただけなのだ。

誰も、真紀がそこまで追い詰められているとは思っていなかった。

もしかしたら、本人すら気がついていなかったのかもしれない。それが地獄の彼岸花の責め苦によって強調されて、顕《あらわ》になったっておかしくはない。

彼女がどれほど強く逞《たくま》しい存在だったとしても、背中に受ける矢が多くなれば、誰だって倒れてしまうというのに。

誰にだって、弱音を吐いて泣きだして、全てを投げ出したい時はあるのに。

真紀は、苦しみの元凶である俺のことも、いっそ忘れてしまいたいのかもしれない。今の彼女は俺を見ても敵意を剥《む》き出しにしたままだ。

「…………」

伸ばした手を、思わず引っ込めてしまう。

もしかしたら、俺のことなんて全部忘れて、全ての業を綺麗《きれい》さっぱり流してしまって、別の存在に転生した方が、彼女にとっては幸せなことなのかもしれない。

このまま、人間の茨木《いばらき》真紀として蘇《よみがえ》ったとして、因縁や問題は丸ごと引き継がれる。

彼女は多くのものを背負って、一生を生きていくことになる。

だが、俺は？

俺は真紀を諦められるのか……？

「もう嫌だもう嫌だもう嫌だ！　もう何も奪われたくない！　奪われるくらいなら、いっそ、全部忘れさせてよ……っ」

「真紀！」

俺は彼女を、茨姫ではなく〝真紀〟と呼んだ。

見た目に惑わされるな。

大魔縁の頃の姿をしていても、彼女は真紀だ。

「大丈夫だ、真紀。俺はお前を、傷つけない」

外道丸も、腰の鞘《さや》に収めた。

だが、この名で呼ばれた真紀は、何かとてつもない恐怖を思い出したかのような青ざめた顔をし、俺をこの場に置いて再び逃げる。早く逃げなければという、必死さを感じる。

だが俺もまた、逃がしてはならないと必死に真紀を追いかけた。

追いつき、真紀の腕を再び摑《つか》み、今度はその強い力に振り払われてしまわないよう、そのまま強く彼女を押し倒す。

その衝撃で、高々と、彼岸花の赤い花びらが舞った。

倒れる茨姫……いや、真紀に覆いかぶさる形で、俺は彼女と向き合っていた。

彼女に言わなければならない言葉が、たくさんあった。

「待たせてごめん」

「放せ」

「こんなところに一人ぼっちにしてごめん。あんな大怪我《けが》をさせて、ごめん……っ」

「放せ、放せ……っ！」

「お前の強さと明るさに頼ってばかりで、本当にごめん。守ってもらってばかりで、ごめん。俺自身の嘘《うそ》まで、お前に押し付けて……っ」

真紀は俺を押し退《の》けようと必死だったが、俺は謝りながらも、崩れ落ちるように真紀を抱きしめる。

俺は、俺たちは、京都で思い知ったはずだった。

ちゃんと、前世の嘘と、真実と向き合ったつもりでいた。

真紀だって、俺を責めていたわけじゃない。俺を傷つけないための嘘をついていた。

それでも俺は、結局、本当に大事なことは何も知らずにいたわけだ。

知らないのは罪だ。俺が何をしてでも知りにいくべきだった。

俺が俺の嘘から目を逸《そ》らし続けたばかりに、真紀は、あの来栖未来に斬られたのだ。

「殺してやる」

茨姫は、俺の胸を強く叩《たた》く。

「お前なんて殺してやる！」

もがいて、爪《つめ》を立てて、俺から逃れようとする。

力の勝負だったら、俺は絶対に真紀に勝てない。男のくせに情けないが、そうなのだ。

「死なないよ、真紀」

だが俺は、真紀をひしと胸に抱いたまま、どれほど嫌がられても、強く拒絶されても、たとえ血まみれになろうとも、彼女を絶対に放すことはなかった。

「俺は絶対に、お前より先には死なない。約束しよう」

殺してやると言われているのに、死なないと訴える。

はたから見れば、意味がわからないだろう。

だが、俺と真紀にとってそれは、とても重要なことだった。

俺たちは夫婦だ。絶対に夫婦になる。だからいつか、どちらかがどちらかを見送ることになる。たとえ平和に、爺《じい》さん婆《ばあ》さんになるまで連れ添ったとしても。

その時、贅沢《ぜいたく》者の爺さんは言うだろう。婆さんの腕の中で死にたい、と。

置いていかれる婆さんの気持ちも知らないで。

自分が寂しい思いをしたくないがばかりに――

「嘘つき」

真紀が俺を押す力が弱まったが、その代わり、彼女の抑揚のない声が耳を掠《かす》める。

「先に、死んだくせに」

その言葉に、ジワリと目を見開く。彼女から少し離れ、その顔を見下ろすと、大魔縁の呪符《じゅふ》の端から見える彼女の瞳は濡《ぬ》れていた。

その目は、俺のよく知っている、真紀の目に思えた。

「真紀……」

俺はゆっくりと、大魔縁の呪符を剝《は》ぐ。

彼女は大魔縁の格好をしているが、表情や顔つきは、やはり真紀だ。

先ほどまで無かった片腕も、いつの間にかある。やはり大魔縁ではなく真紀なのだ。真紀としての輪郭が、はっきりと見えてきた気がする。

「これも、どうせ夢なんでしょう」

真紀は震える手を伸ばし、俺の頬に触れようとして、やめた。

まるでそれが、夢か現実か、確かめるのが怖いとでも言うように。

「だって、馨《かおる》がここにいるはずないもの」

そして、忘れていたはずの俺の名を、唱える。

直後、ズキンと頭が痛んだような素振りを見せて、その手を自分の額に押し当てた。

「やめて。こんな幸せな夢を、見せないで……っ、お願いだから」

俺の下で、彼女は自分の身を抱き、その体を縮こめる。

そしてシクシクと、幼子のように泣く。

こんなに弱々しく泣く真紀は、久々に見た気がした。だけどこれも本当の真紀だ。

忘れたわけではないだろう。彼女は最初から強かったわけではない。

「真紀。真紀！　これは夢じゃない、現実だ！」

俺は強く訴えた。

俺の名前を忘れていないということは、きっと全てを忘れたわけじゃない。

響かせる。それがたとえ、真紀を辛い現実に引き戻す記憶だったとしても、それ以上に、
幸せだった思い出もたくさんあると、俺は信じているから。

「俺はここにいる。お前の目の前にいる俺は、夢じゃない！」

だが真紀は、何度も首を振る。

「嘘よ。これは地獄の罠《わな》だわ。馨は、本当はいないのよ。馨と過ごした日々は、私が望んだ、ただの夢だったんだわ……」

「夢じゃない！　俺たちが浅草《あさくさ》で過ごした日々は本物だ。真紀、お前はまた、あの世界に戻るんだ。誰もがお前を待っている。茨木童子でも、大魔縁でもなく、人間の、茨木真紀という存在を……っ」

今まで、深く考えたことがあっただろうか。

酒呑童子と天酒《あまさけ》馨。

茨木童子と茨木真紀。

その境界線があまりに曖昧《あいまい》で、俺たちはそれが、ただただ同一人物でしかないと考えていた。転生したところで、同じ人物なんだと。

だが、真紀が地獄に落ちたことで思い知った。

真紀が、茨木真紀のまま蘇ることと、転生して別の誰かになること……

同じ魂であっても、二つの選択肢が目の前に突きつけられたことで、やっと、意識した。

ああ、それはやっぱり、別人なんだって。

俺が諦めたくないのは、茨木真紀なんだって。

「現世に戻ろう、真紀。茨姫でもない、大魔縁でもない、転生を果たした別の誰かでもない、今を生きる茨木真紀として！」

それは決して、前世を忘れるということではない。

俺たちはそれを乗り越えて、〝真紀〟と〝馨〟の存在意義を俺たち自身が意識して、次のステージに進まなければならないのだ。

「帰る……？」

「ああ、そうだ。一緒に帰ろう。お前の肉体はまだ死んでない。お前のことを好きな奴らが、お前を絶対に死なせないって、現世で頑張ってるんだ」

真紀は大きく目を見開いた。

生きている自覚はなく、本当に、あちらの世界で死んでしまったと思っていたのだろう。

「なあ、真紀……」

俺は真紀の頬に触れる。肌は熱くも冷たくもないが、そこに真紀がいるという、存在感だけはしっかり感じ取る。

「浅草のあの狭いアパートでも、俺は毎日幸せだった。真紀やおもちと一緒に美味《うま》いもん食って、お前と由理《ゆり》と一緒に学校行って、大事な仲間たちと馬鹿なことやって、笑いあって……俺はここで終わらせたくない。途切れさせるわけにはいかない。だって、俺たちは大人になって、もう一度結婚するんだから」

真紀の瞳に、希望の色が灯《とも》っていく。

そしてゆっくりと、俺に手を伸ばす。

頬に触れ、髪に触れ、唇に触れ、俺が確かに存在することを確認していた。

「馨……っ」

「ああ、そうだ。俺だよ真紀。帰ろう、浅草に……」

俺はゆっくりと目を閉じながら、深く落とし込むように、真紀の唇に自分の唇を重ねた。

どっちのものかわからないけれど、血と、涙の味がした。

それが、真紀を連れ戻す記憶の鍵となったのか。

目を開け、唇を離し、もう一度真紀を見ると、彼女はその顔を真っ赤にさせて、大粒の涙をボロボロと零《こぼ》していた。

「帰りたい……っ」

そして、嚙《か》みしめるように囁《ささや》いた。

そしたらもう、我慢などできないと言うように、多くの願いが零れ落ちる。

「浅草に帰りたい。死にたくない。私だって本当は、何一つ忘れたくない。諦めたくない。私は馨と、もっと一緒にいたい。あなたと結婚したい……っ」

そして縋《すが》るように、俺の背中を抱きしめる。

彼女の言葉が、ただただ俺の胸に響いた。

生前の幸せな記憶、辛《つら》い記憶、それら全てをいっそ忘れたいと願った真紀も本物だろう。

だが、それでも色んな感情を抱えたまま、真紀は俺と居たいと言ってくれたのだ。

「だけど、馨。私、地獄に落ちて当然のことをしたの。もう、どうやって戻っていいのかも、わからないのよ……っ」

「大丈夫だ、大丈夫だ真紀。俺が何とかしてやる。お前を全部受け止めて、その罪も、一緒に背負うと決めたんだ。そのために俺は、地獄の果てまで、お前を迎えに来たんだ」

真紀から少し離れ、その目元に溜《た》まった涙を拭《ぬぐ》い、俺は微笑んだ。

一方、眉《まゆ》を寄せ、潤んだ瞳で俺を見上げる真紀。

何だろう。まるで千年前の、初めて恋をした時の感情を、思い起こさせる。

あの時の酒呑童子は、その感情が何なのかわからずに、自分がどうかしてしまったんじゃないかと思ったものだが、その恋心を、今も宝物のように大事にしている。

真紀のことを今も堪《たま》らず愛しており、地獄のような場所から救い出したいと……

「外道丸、そこをどけ！」

そんな時だった。

見つめ合う俺たちの、幸せな時間をぶち壊す、バタバタとした騒がしい足音がすると思ったら、俺たちの周りを上級獄卒たちが囲んでいた。

「よくやった、大魔縁を捕らえるぞ！」

「外道丸が押さえ込んでくれている、今がチャンスだ！」

あ……。

そ、そういえばいらっしゃった。

二人だけの世界みたいになってたけど、そういえばギャラリーがいらっしゃった。

しかし獄卒の皆さんは、俺たちが夫婦喧嘩《げんか》およびイチャイチャしていたとは思わなかったらしく、俺が決死の覚悟で大魔縁を押さえつけているように見えたようだ。

いや、それもあながち間違いではないのだけれど。

「すみません、皆さん」

「え？」

俺はゆっくりと立ち上がる。そして真紀の腕を引いて起き上がらせ、彼女を庇《かば》うようにしながら、腰に差した外道丸を抜いて、その刀の切っ先を仲間たちに向けた。

「彼女には指一本触れさせない」

獄卒たちは俺の言葉、この光景を前に、意味不明と言いたげな顔をしている。

今の今まで真面目に獄卒をやってきた俺が、罪人を庇うような行動を取ったからだ。

しかも地獄でも類を見ない、大罪人を。

「な……っ、何を言ってるんだ外道丸！　君は優秀な新人と聞いていたのに」

無間地獄の階層長も、明らかに戸惑っている。

俺は呼吸を整えた。もう隠す必要もないだろうから、はっきりと言ってやる。

「大魔縁茨木童子。この人は、俺の妻だ！」

割と長めの沈黙。そして、

「えええええええええ!?」

無間地獄の獄卒たちの、驚嘆の声が響き渡る。

その中には、今まで一緒に、獄卒として働いてきた仲間たちもいた。

上級獄卒を目指し、共に励んだ鬼の友人たちもいた。

だが、俺はそんな彼らすら睨《にら》みつけ、外道丸を構えていた。

地獄の獄卒たちはみんなよくできた真面目な鬼たちで、普通であれば、俺に刀を向けられるいわれはない。

だが、戦うしかないというのなら、俺は戦う。

真紀の魂を、地上に連れ帰るために。

「!?」

突如、無間地獄の曇った空より光が差し込んだ。

獄卒たちが、あちこちで「おお……」と感嘆の声をあげる。

空の雲の切れ間より現れたのは、玉座に座ったまま金雲に乗り、複数の書記官とついでに小野篁《おののたかむら》こと叶を従えた閻魔大王だった。

こんな風に出てこられると、あのヘタレな閻魔大王様でも、地獄の支配者らしい威厳と風格を感じる。俺と刀を向け合っていた上級獄卒の誰もがひれ伏した。

「さあて、芳しくない状況だ。どういうことだ、外道丸よ」

高々と、閻魔大王の声が響いた。

その表情は険しく、俺に対する大きな失望が感じ取れた。

「大罪人・大魔縁茨木童子を守り、同志に刃を向けるとは。上級獄卒としての責務を放棄したも同然だ。お前には期待していただけに、失望したぞ」

そんなことを言いながら、閻魔大王はさっきからチラチラと、俺の持つ刀、外道丸を確認している。

「しかもお前は私の私室に侵入し、お宝を盗み……ゴホン。貴重な異界の大罪人遺物をお前は盗んだ。盗人《ぬすっと》は罪人として裁かれるぞ。それは特に私のお気に入りだったからな」

閻魔大王の私情が見え隠れしているが、まあ実際に盗んだのは俺だ。

だが、これを盗んで無間地獄に行けば、きっと閻魔大王はここに来るだろうと思っていた。

狙い通りだ。この局面で閻魔大王がいなければ、俺の願いは叶わないのだから。

「閻魔大王様。聞いてください。この刀は外道丸といいます」

俺は閻魔大王の前で膝《ひざ》をつき、首《こうべ》を垂れる。

そして、この刀の本当の名前を告げた。閻魔大王は顔を顰《しか》めた。

「外道丸？　それはお前の名ではないのか」

「ええ。俺の幼少期の呼び名でもあります。この刀は、本来は俺のものなのです」

「…………」

閻魔大王は、後ろで飄々《ひょうひょう》としている小野篁の方に、そろ〜っと視線を向けた。

小野篁さん、堂々と知らん顔をしていらっしゃるけど、閻魔大王様のお考えの通りそいつが全ての黒幕です。

「はあ。まあ良い。では、お前の本当の名は何と申す」

「俺の本当の名前は、天酒馨。酒呑童子の生まれ変わりの人間です」

閻魔大王より先に、状況を見守っていた獄卒たちが騒《ざわ》ついた。

「酒呑童子⁉　現世で有名な、あの⁉」

「というか、あいつ鬼じゃなくて人間だったのか？」

閻魔大王が「ゔゔん」と咳払《せきばら》いし、片手を挙げると、ガヤがスッと落ち着いた。

俺は再び語り始める。

「大魔縁茨木童子は俺の前世の妻なのです。彼女が大魔縁になってしまったのは、酒呑童子が先に死んでしまったから。彼女の罪は、俺にも責任がある！」

俺の言い分に対し、閻魔大王は少々意地の悪い笑みを浮かべた。

「だから何だというんだ。お前が妻の代わりに、無間地獄に落ちるとでもいうのか？」

「いいえ、それは不可能です。俺はまだ生きていますから」

こういう時、上級獄卒の試験勉強をしていて良かったと思う。

地獄の仕組み上、生者を罪人として裁くことは、禁じられているのだった。

「そして彼女も生きている！　地上にある彼女の肉体は、まだ息をしているのです。生きている人間を地獄で裁くことは、閻魔大王様にだって許されていないはず。真紀が無間地獄で獄卒たちから逃げ果《おお》せることができたことこそが、本来罪人ではないことの証《あかし》。ここで俺は、茨木真紀に対する、地獄の判決に意義を唱えます！」

そう。

本来であれば、地獄で獄卒から罪人が逃げ続けることなどできない。

何かしらトラブルが起こることはあっても、罪人は獄卒から逃げられないようになっているのだ。

ただ、地獄では生者を裁くことができないため、真紀の罪人としての存在があやふやとなり、獄卒の権限がうまく働かず、捕らえることができなかったと俺は推察する。

閻魔大王も、そこのところが引っかかっていたのか、僅《わず》かに目が泳ぐ。

「し、しかし、大魔縁茨木童子の罪はまだ償いきれていない。その者は以前、地獄の刑期を待たずして、何かの手違いで現世に転生を果たしてしまったのも事実だ」

「その手違いも、閻魔大王様のせいじゃないですか」

「う……」

というか、実際は叶のせいだ。

叶が小野篁として、地獄の転生システムに介入して真紀を転生させたのだ。

閻魔大王の後ろにいる小野篁さん、相変わらず自分は関係ありません、みたいな顔してるけど。

「閻魔大王様。あなたは茨木真紀の、生前の行いを見たことがあるのですか？　どれほどのあやかしを助け、人間たちを救ったか。真紀がいなければ助からなかった者たちが、現世には大勢いるのです」

「…………」

「真紀は多くを救います。生きている限り」

たとえ、自分をもっと大事にして欲しいと思っていても、それをやめられないのが、浅草で今を生きる、真紀なのだ。

「……外道丸。お前の目的は何だ？　それを誰が保証できると？」

「俺が必ず保証します。真紀が生きている限り、俺が最後まで真紀を見ている。俺は真紀より先には、絶対に死なない！」

それが、俺の覚悟。

今世、必ず成し遂げる誓い。

それは真紀より先に死なないということ。

閻魔大王は何とも言えない複雑な顔をしていて、低く唸《うな》った後、ゴホンと咳払いをする。

「しかし罪は罪だ。閻魔大王として見逃すことはできない」

「見逃す必要はございませんよ、閻魔大王様。地獄にも保護観察処分があります」

「あ……」

ここで助け舟を出してきたのが、小野篁だった。

小野篁は閻魔大王の後ろで、助言めいたことを言っている。

「地獄の法律によるところ、茨木真紀が生者であるのなら、生きながら前世の罪を償うことは可能です。生者を、悪《あ》しき者から救うことで」

ナイスだ叶。俺もそれを提案しようと思っていた。俺が言うより、ずっと信頼されている小野篁から助言されたほうが、閻魔大王も納得できるというものだ。

そう。地獄の法律では生者を裁くことはできない。しかし真紀のようなイレギュラーな立ち位置の者には、保護観察処分を下すことができる。

保護観察処分となれば、真紀の魂は地上に戻ることができるのだ。

「皮肉にも、現世には、本来地獄に落ちるべき者が多くいます。ただの人間には裁ききれないような、邪悪なものも……」

小野篁こと叶が、ここから先はお前がやれと言わんばかりに、俺に目配せしてきた。

俺はそれを見逃さず、追い打ちをかける形で訴える。

「そうなのです。閻魔大王様もご存じでしょう。今現在、九尾狐《きゅうびこ》のミクズが多くの人間やあやかしの命を弄《もてあそ》んでいる。しかしミクズと対等に戦える者はとても少ない。真紀の力がなければ、地上はこれから大変なことになってしまいます」

閻魔大王は目を細め、スーッと視線を逸《そ》らす。

「ち、地上のことなど、地獄には関係のないことだ」

「そんなはずはありませんよ、閻魔大王様。地上と地獄はリンクしている。俺を介して、あなたは地上の状況をよくご存じのはずだ」

「…………」

またまた叶の助け舟だ。

閻魔大王は少し考え込み、やはり後ろにいる小野篁に意見を求める。

「篁、お前も茨木真紀を地上に送った方がいいと思うのか？」

「まあ、そうですね。裁こうにも裁けない大魔縁茨木童子が無間地獄にいることで、地獄の均衡は乱れつつあります。優秀な獄卒たちが無間地獄に集められたせいで、他の階層の多くの罪人が調子づき、問題を起こしつつある。ゆゆしき問題です」

「う、ううむ」

「それに、現世には実際、茨木真紀が必要かと。かの世界には、あやかしと人間の両方に働きかけることのできる存在が、求められる時代がやってくる」

叶のこの言葉に、俺の後ろにいた真紀が静かに驚いているようだった。

まさかこの男が自分を庇《かば》うとは思わなかったのだろう。

流れが向いてきたのを感じ、俺は一つ覚悟して、閻魔大王にある提案をする。

「閻魔大王様、俺は上級獄卒です。あなたが認めた通りです。上級獄卒には、地獄の保護観察処分となった罪人を地上で見張ることができる、そういう役職があったはず」

閻魔大王は目元をピクリと動かして、厳かに告げる。

「派遣特務獄卒のことか……」

「そう。そしてあなたは今、優秀な派遣特務獄卒を求めているはずだ」

派遣特務獄卒——

今もなお、地上には地獄の保護観察処分となった罪人が多くいて、上級獄卒の中には、その罪人を地上で見張りつつ、地上の情報を地獄に送ったり、鬼を獄卒としてスカウトしたりする役目を持った者がいる。それが派遣特務獄卒だ。

俺は、先日の閻魔大王と小野篁の会話を思い出し、閻魔大王がこの役職につける者を探しているのだと察していた。

俺がその立場になったら、地獄の閻魔大王に貢献しつつ、真紀を地上で見守ることができる。そうすることで、閻魔大王と対等に取引できる。

叶が、俺を上級獄卒にしたのは、きっとこのためだ。

「いいのか、お前」

閻魔大王が、ニヤリと口角を吊《つ》り上げながら、俺に向かって指を突きつける。

「そうなってしまえば、人間であれ、お前はもう地獄の役目から逃げられない。小野篁と同じだ。一生、私の僕《しもべ》だぞ！」

俺は一度目を伏せ、そして再び閻魔大王を見上げた。

「構いません。真紀が地上に戻るのを許していただけるのなら。人生の最期の瞬間まで、真紀と共に戦い、償いたいのです」

「こき使ってやるぞっ！」

「構いません。小野篁様も結構適当にやってるみたいですし」

「う」

閻魔大王と俺は、お互いの真意を探るよう、強く見合う。睨《にら》み合うほどに。

閻魔大王は怒っているのか、その表情は他の獄卒たちをも硬直させるほど険しく、ただならぬ緊迫した雰囲気が漂いつつあった。

しかし、

「はあ。初めて見た時から、こいつは何かやるな……とは思っていたが。はあ」

閻魔大王様はため息をつきながら、被《かぶ》っていた冠を頭から取り外す。

何をしているかと思いきや、その冠に手を突っ込んであるものを取り出した。

それは以前、閻魔王宮《えんまおうきゅう》で見たことのある、巨大な判子であった。

閻魔大王は「はあ〜」とか「あーあ」とか言いながらも、小野篁より巻物を受け取り、それをバッと開いて、思い切りよく判子を押し付ける。

「よかろう。今日よりお前は、派遣特務獄卒だ。ついでにお前の手にあるその刀も、現世に持って行くといい」

「え？」

これには驚いた。外道丸はここで返すつもりでいたからだ。

「何。それを渡すことで、お前が再び地獄に戻ってくる理由ができるなら、それでいい」

「閻魔大王様……？」

「これでも私は、お前を買っているのだ、外道丸。いや酒呑童子か？　いや天酒なんとか？　ああもうっ、いくつも名前があって紛らわしい！　お前の獄卒としてのコードネームは、今まで通り外道丸だ。それでいいだろう！」

「あ、はい」

コードネーム……なんか恥ずかしいな。

「いいか。その名を冠している限り、その刀の権限はお前にある。今ここで私が許す。あくまで貸し出している状態だ。借りパク厳禁だからな」

「あ、はい。承知いたしました」

あくまで閻魔大王のものということか。実際は俺のなんだけど……まあいいか。

それ込みでの、閻魔大王なりの譲歩ということだろう。

「ゴホン。ではお前は、本日より地獄の派遣特務獄卒・外道丸である。茨木真紀を地獄の保護観察処分とし、その監視および観察、そして地上の情報収集をお前に命ずる。任期はこれよりお前が死ぬまで」

「はい。心得ております」

「そうであるならば、さっさと疫病神の茨木真紀の魂を地上に連れて行くが良い。そいつがいるせいで、地獄はてんやわんやだ」

そして閻魔大王は、俺の後ろでオロオロと状況を見守っていた真紀にも声をかけた。

「大魔縁。いや、茨木真紀よ」

「……はい」

真紀はおずおずと返事をする。彼岸花の毒素がまだ抜けきれていないのか、記憶が少々混乱中なのか、ここでの真紀は俺の背に隠れがちで、何だか奥ゆかしい。

「茨木真紀。お前は今世、罪人というわけではないが、前世の罪を贖《あがな》ったわけでもない。しかし確かに、地獄ではお前の罪を裁き切ることは難しいらしい」

「閻魔大王様……」

「前世で踏み潰《つぶ》した命の分だけ、今を生きる者を救うといい。それがお前に課せられた償いだ。逃げることは許されない。なぜなら一生、派遣特務獄卒の外道丸がお前を見張っているだろうからな」

「はい」

真紀はゆっくりと、だが大きく頷《うなず》いた。

閻魔大王の言葉一つ一つを、心に刻んでいるようだった。

閻魔大王はここで、いつものように「ゔゔん」と咳払《せきばら》いをした。

「しかし一つだけ言っておきたいことがある。大魔縁茨木童子よ」

「…………」

「会いたい人に会えたようで、よかったな」

その言葉に、真紀だけでなく、俺もまたハッとさせられた。

そうだ。閻魔大王は、茨木童子の記憶を浄玻璃の鏡で見ていた。大魔縁の望みを知らないはずがない。

会いたい──

記憶の中で何度も聞いた、彼女の切実な願い。

閻魔大王はもしかしたら、俺たちの気持ちや行動を、誰より理解してくれていたのかもしれないな。

「それでは現世への扉を開く。地獄穴《じごくあな》、解錠——」

もともと、空にぽっかりと浮いていた黒い穴。

それがぐるぐると渦を巻いたかと思ったら、そこから、キラキラと細かな光を帯びた銀の糸が垂《た》れてきた。

俺は呆気《あっけ》にとられて銀糸が垂れ下がってくる様子を見守った後、

「ああ。蜘蛛《くも》の糸か」

ポンと手を叩《たた》く。閻魔大王はなぜか得意げで鼻高々だった。

「勿論《もちろん》だ。閻魔大王の三大便利アイテムといえば、小野篁、浄玻璃の鏡、そして蜘蛛の糸！」

「閻魔大王様。俺はアイテムではありませんが」

小野篁さんが珍しくつっこんでいる。閻魔大王はそれを「ゔゔん」と咳払いして聞こえなかったフリをしていた。

「転生を果たさずして魂を地上に送る方法は、古《いにしえ》より蜘蛛の糸だけと決まっている。本で読んだことくらいあるだろう？」

「いやまあ、ありますけど……」

だけど本当に、こんな細い糸で地上に戻れるのだろうか。一抹の不安。

「さあ。行くと決めたならさっさと行け。急いだ方がいい。地上は今、不穏なことになっているらしいぞ」

「え……」

もしかして、ミクズたちがすでに動いているということだろうか。

浅草はどうなっているのだろう。一刻も早く、戻らなければ……

「おい、外道丸」

閻魔大王は、真紀を抱いたまま蜘蛛の糸にしがみつき上昇を待っていた俺に、再び声をかけた。

「鬼にとって地獄は極楽だ。地上に疲れたら、外道丸を持っていつでも戻ってきて良いぞ。私が許す」

思わず、目をパチクリ。

そしてプッと吹き出す。閻魔大王が、あんまり甘いことを言うものだから。

「閻魔大王様は、相変わらず鬼に優しい」

地獄の裁判長がそんなことでいいのかとも思うが、閻魔大王もまた、困り顔で笑うのだった。

「なに。鬼に頼らねば役目を全うできぬ神の、悲しい性だ。それにここ以外の異界は、鬼に優しくないからな」

俺たちは蜘蛛の糸に摑《つか》まり、上昇する。

叶は一緒には来ないのだろうか。

色々と後始末をしてくれるつもりなのかもしれないが、奴は相変わらず、何を考えているのかわからない淡々とした目で、俺たちを見送っていた。

その他の獄卒の皆さんは、俺と真紀が地上へ戻るのを歓迎しているようで、おーいと手を振りながら見送ってくれた。色々と迷惑をかけたのに、みんな本当にいい鬼たちだった。

なんだかんだ、地獄の獄卒業も悪くなかったなって。

いや、この先も俺は、獄卒なわけだけど。

「閻魔大王や地獄の鬼って、変わってるのね」

俺にしがみついていた真紀が、ポツリと呟《つぶや》く。

「地獄は罪人には厳しいが、鬼には優しい世界なんだ。閻魔大王は鬼とこんにゃくが好きらしいからな。何はともあれ、変わった世界だったよ」

蜘蛛の糸にしがみつきながら、地獄の各階層を昇っていく。

一つ一つの階層を上昇しながら、今日も今日とて地獄の鬼たちは罪人に責め苦を与えている。残酷な景色の一方で、ここだけが居場所なのだと言うように、鬼たちは獄卒業を真面目にこなしているのだった。

「ねえ馨」

「何だ、真紀」

「私たち、現世に戻ったら、やらないといけないことがあるわね」

「ああ。そうだな。全てのカタをつけないと」

「だけど何もかも終わりじゃないわ。私たちは、その後の人生も選ばなくちゃ」

「……真紀」

真紀の顔つきが、先ほどまでのものから一変していた。

そこにいるのは、俺が浅草でよく見ていた、弱さを見せない逞《たくま》しい真紀さんの表情で、彼女は徐々に、その頃の感覚を取り戻しているようだった。

その目はすでに、先を見据えている。

地獄を経た俺たちが、何を為《な》すべきなのかを。

「ねえ馨」

「何だ、真紀」

「私がいなくて、寂しかった？」

「え？　は？　何言ってんだ、当然だろっ！　お前が死にかけて、俺がどれだけ情けない姿を仲間たちに晒《さら》したか！」

「ふふふ。想像できるわ」

真紀さんらしい、小悪魔な笑い方だった。

それすら懐かしい。懐かしすぎて泣きそうになる。

「ねえ、馨」

「何だ、真紀」

そんな、繰り返すようなやり取りの後、

「ありがとう」

真紀はそっと、俺の首筋にキスをした。

「私を迎えにきてくれてありがとう」


不意打ちで驚いて、言葉を失ってしまった。

だが俺は、泣きながら微笑む真紀のその顔を、一生忘れることはないだろう。

真紀が目の前にいてくれることが嬉《うれ》しくて、切なくて。

地獄での日々をも思い返して、こみ上げるものがあったりして。

俺は蜘蛛の糸に摑まって地獄の世界を見送りながら、我慢できずにボロボロに泣く。

お前を必ず迎えに行く。
それは、かつて酒呑童子が茨木童子に約束した、最後の言葉でもあった。

第八話　英雄の帰還

とても、とても長い夢を見ていた。

引きずり込まれた奈落の底で、あなたを待ち続ける悪夢を。

ここは怖い。寂しい。痛くて辛《つら》くて、壊れそうだ。

あなたに会いたい。

だけどあなたは、こんな場所に来てはいけない。

それでも、もう一度だけでいいから、あなたに会いたいと願ってしまう。

それはかつても抱いた願い。

叶《かな》わない願いを抱くからこそ、余計に苦しい。

だけどある日、悪い夢に囚《とら》われていた私の心に、スッと光が差し込んで、懐かしい温《ぬく》もりに抱かれた気がした。

あなたは耳元で囁《ささや》いた。私の罪を、一緒に背負いたいと。

人生の最期の瞬間まで、共に戦い、償いたいと。

帰ろう、浅草《あさくさ》に——

私は決して前世の罪を許されたわけではない。見逃されたわけでもない。

ただ、あの人のおかげで、もう一度チャンスを貰《もら》ったのだ。

夢のように幸せだった現実の続きを、最愛の人と一緒に、精一杯生き抜くチャンスを。

◯

……私、生きてる。

そう実感したのは、懐かしい声を久々に聞いたから。

「真紀《まき》ちゃん、真紀ちゃん……っ」

切羽詰まったような、私を呼ぶ声がした。

その声のする方へと視線をやる。

「スイ……」

近い場所にある、いい大人の泣きそうな顔。

これが誰だったかを認識するより先に、私は名前を呼んでいた。

スイ。水連《すいれん》。大切な眷属《けんぞく》の一人だ。

千年前より茨姫《いばらひめ》に仕えている水蛇《みずち》のあやかしが、その忠誠心を今も忘れることなく、きっと私の肉体の命を保ち続けてくれていたのだろう。私がこの器に戻ってくると信じて。

スイは泣いていた。

彼が真面目に泣いているところなんて見たのはいつ以来だろう。

というか見たことあったっけ。ああ、まだ記憶が朧《おぼろ》げだなあ……。

「良かった。本当に良かった。真紀ちゃんが俺のこと忘れちゃってたら、もう生きてられないから～っ」

「……ふふ。大袈裟《おおげさ》ね」

スイらしい言葉に、笑ってしまった。

笑うことができるということは、そのくらいの元気はあるようだ。

ただ、体が思うように動かない。少し動くと痛くてたまらないの。

「ダメだよ、真紀ちゃん。生死を彷徨《さまよ》うような大怪我《けが》をしていたんだ。意識が戻ったからって、安静にしてないと、容体が急変することだってある」

「私、どれくらい寝てたの？」

「丸一日だよ」

丸一日。たったの。

地獄《じごく》では、とてつもなく長い時間を過ごした気がしていたのに。

「だけど、容体が安定してきて、魂の戻る兆しがあったから、それで……きっと馨《かおる》くんが、上手《うま》くやったんだろうって、俺にはわかってた」

「そっか。馨は……どこにいるの？」

「馨君は京都から移動中だよ。今は新幹線の中で爆睡してるらしいし、こっちに戻るまであと二時間はかかるだろう」

「京都……？」

私の知らない間に、色々とあったらしい。

私の魂を地獄から引き戻すために、馨や、津場木《つばき》茜《あかね》や、あの叶《かのう》先生ですら協力しあって、京都に行ったんですって。京都には、地獄を行き来する井戸があるらしく、それを使用するために、何かと大変だったとか。

裏事情を聞きながら、私はなんだか、自分の心がとても落ち着いているのを感じていた。

「私ね、もうずっと長いこと、地獄を彷徨っていた気がするの」

「……うん。現世《うつしょ》と地獄は、時間の感覚が違うって聞いたことがあるよ」

スイは私の手を握りしめ、話を聞いてくれる。

「思い知ったわ、大魔縁《だいまえん》だった頃の自分の罪を。あの時はシュウ様に会いたいという……ただその一心で、妨げになる多くの人間とあやかしの命を奪った。多少の犠牲も厭《いと》わなかった。残酷なことも、人道に反することもした。大罪人と言われても、仕方がないわ

……」

それを忘れて、浅草でただのんびり幸せになろうだなんて、虫が良すぎる話だったのだ。
私には、選ばなければならない道ができた。

「きっと馨も、私のために獄卒になる道を選んだのね。たくさん努力して、私を助けてくれたんだわ……」

「真紀ちゃん？」

「よし」

私は寝台の上でスッと起き上がる。
痛みも全部忘れたような、平然とした顔をして。

「ええええっ、真紀ちゃんダメだって！　起き上がっちゃダメだって！　横っ腹に穴が開いてるんだって！」

「大丈夫よ。このくらいの痛み、無間地獄《むげんじごく》で味わった責め苦に比べたら大したことないし」

「えええええ、地獄で何されたの!?　何されちゃったのっ!?」

スイがいちいち頭を抱えて驚いている。オーバーなリアクションがいつも通りのスイで微笑ましい。
私はというと、周囲をキョロキョロと見渡して、少し顔をしかめた。

「私が目を覚ましたっていうのに、スイ一人が騒がしく喜んでくれているのも、変な感じね。他のみんなは？」

スイはスッと真面目な顔つきになる。

「みんなは、どこ？」

改めて問いかけた。少し、嫌な予感がしたのだった。

「浅草だよ。今、浅草は結構まずいことになっている」

スイのその言葉に、私は目を細めた。

スイは部屋にあったテレビの電源を入れる。テレビには浅草の様子が映っており、観光地付近で重傷者多数との報道が、現在進行形でなされていた。

「浅草では、一般人がいきなり倒れたり、意識不明になったりする事件が、昨日から相次いでいる。もう何十人も倒れているんだ。人間たちは、何かの病かテロ事件かと騒いでいるけれど、真紀ちゃんはもうこれが何かわかってるよね」

「……ええ。浅草を中心に、妖気が充満しているわ。悪意のあるあやかしたちが、集まっているのね」

そしてこれは、ミクズたちの仕業に違いない。

なるほど。ミクズの奴、私と馨を浅草から引き離すことが目的だったのか。

「私も早く行かなくちゃ」

ベッドから下りようとする、横っ腹に穴の開いた私を、スイが必死に押さえつける。

「だからダメだってば！　真紀ちゃん！　浅草のことは他のみんなに任せて、君はもう何もしちゃいけない。お願いだから……っ」

「でも」

「でもじゃないから！　マジで、もう、でもじゃないですから！」

スイがお父さんかお母さんかよくわからない保護者モードに突入し、やはりベッドから降りようとする私を必死に押さえつける。

「もういいんだよ、真紀ちゃん。真紀ちゃんは十分戦った」

「…………」

「真紀ちゃんは大魔縁だった頃の罪を自覚したと言うけれど、それ以上に、真紀ちゃんは多くのあやかしを救ってきたじゃないか」

「スイ……」

「あとはもう俺たちに任せておいて、真紀ちゃんは自分の体を大事にしてよ。後生だから。真紀ちゃんはもう人間なんだよ。人間は、脆《もろ》くて儚《はかな》い。どんなに強くても、肉体には限界があるんだ。だからこんなに……死にかけるような怪我を負ったんだよ」

スイが必死になって私を止めようとする理由はよくわかる。

多少の怪我では死ぬことのなかった鬼の時代。その頃と今とでは、肉体の強度が全く違うのだ。

現に、大怪我して今の今まで意識のなかった私が、それをよく体現している。

大切な人を失う悲しみは、私が一番よく知っているはずなのに、それを眷属たちに味わわせることになりかけた。どれほど皆を心配させただろうか……

「でもね、スイ。私、地獄の一番深いところにいたのよ」

だから私は、あえてその話をした。

「一面、恐ろしいまでに彼岸花が咲いていたわ。空も土も、川も真っ赤で、目がたくさんある鬼の影が、あちこちにあった。私、その鬼の影から逃げてたわ」

ゆっくりと、恐ろしい無間地獄の光景を、恐怖の日々を語って聞かせる。

「罪人は魂だけの存在なのに、恐怖や痛みはあるのよね。私、隠れた場所で眠くなって、丸くなって膝《ひざ》を抱えて、眠ったわ。そしたら夢の中で思い出すの。浅草で過ごした幸せで楽しい日々を」

浅草には馨がいて、千年前の仲間たちもあの場所に集って、毎日ワイワイガヤガヤと賑《にぎ》やかだった。

私には両親がいなかったけれど、それでも寂しくなかったな。

血は繋《つな》がっていなくても、みんな、家族だった。

「だけど目が覚めたら、私は一人ぼっちで……ここは地獄なんだっていう現実に絶望した。もうあの日常には戻れないんだって、何度も何度も、絶望したの。そもそもあの十七年間は、私の望んだ夢の世界だったんじゃないかって。馨も、浅草のみんなも、本当はいないんじゃないかって。そう思うようになっていったわ」

そんな日を何日も繰り返し、やがて自分が誰だったのかも、曖昧《あいまい》になってわからなくなっていった。

ただ寂しくて、辛《つら》くて痛くて苦しい。

心に釘《くぎ》を打たれ、砕かれているかのようだった。

「でもね、夢じゃなかった。馨は私を、地獄の果てまで迎えに来てくれたのよ」

馨が迎えに来てくれた時、私はその人のことをもうほとんど忘れてしまっていたけれど、それが、ずっと会いたかった誰かだというのだけは、わかってた。

また希望を抱いてしまった。

希望を抱いてしまったら、まるで光と影のように、絶望も大きくなると知ったのに。

馨の言葉の一つ一つが、涙が、忘れかけていた私の記憶を呼び戻し、もう一度、この人と一緒に生きていきたいと願ってしまった。

「私ね、地上へ戻るために閻魔大王《えんまだいおう》様と約束したの。前世で踏み潰《つぶ》した命の分だけ、今を生きる者を救うって。それが私に課せられた償いだって」

そして、これからの私を、一生かけて見守るのが、馨の役目だ。

この条件を満たすため、馨は努力して上級獄卒となっていた。

そう。一生——

だけど、私と馨にとって、何より大事なのは一生を二人で共に生きることだった。

そのために馨は、自身の一部を鬼と認め、地獄の獄卒の役目を今後も全うする。それが何を意味しているのか、私にだってわかるわ。

誰より平穏な人生を望んでいたくせに、彼は、一つだけ大事なものを捨てたのだ。

「今世こそ幸せになりたくて、馨と一緒に浅草でまったり生きながら、目の前にある救い切れるものだけを救おうって……ずっとそう思ってた。けれど、それだけじゃダメみたい」

やはり、私はベッドから降りて立ち上がる。

スイは今の私の表情を見て、それを阻止することができなかった。

「私、もっともっと、多くの人とあやかしを救わなくてはならないわ。私も、馨も、決意したのよ。そういう人生を再び歩むことを」

「真紀ちゃん」

「きっと、きっとね。私……もうすぐ、浅草を去ることになるわ」

そう。

私が捨てなくてはならないのは、おそらく、ずっと浅草で生きて行くという未来。

スイは目を大きく見開いた。

きっと、私がそれを捨てることだけはないと思っていたのだろうから。

私は改めて、目の前のスイを見上げる。

「だから、今こそ私が浅草に行って、大事なあの場所を守らなくちゃいけないのよ。スイ、あなたなら私の言っていること、わかるわよね」

スイは何か言いたげだったけれど、それをどう言っていいのかわからないと言いたげに、小さなため息をつく。悲しそうな、複雑そうな目をしている。

「……わかるよ。ああ、わかるとも。だけどね、真紀ちゃん。俺だって、もう一度君の眷《けん》属《ぞく》になった時に誓ったんだよ。君の幸せだけを願って、君の幸せな人生を見守って、最期は必ず側で見届けるって。だからやるせない。前世の罪とか、閻魔大王との約束とか、もう、知ったことじゃないよ」

「スイ」

「どうして君ばかりが、そんな業を背負い続けなくちゃいけないんだ。ただただ、普通の女の子として、幸せになって欲しいのに……っ。何かを救うより、君自身を優先して、身も心も大事にして欲しいのに」

真紀ちゃんが希望の短大に通うための学費だって貯めてたのに。

真紀ちゃんと馨くんの結婚式は浅草のみんなで盛大にお祝いするつもりだったのに。

真紀ちゃんと馨くんの子どもおよび孫、のちの子孫だって、浅草で見守り続ける覚悟だったのに〜っ。

妄想が半分入っているけど、そのようなことをつらつらと宣《のたま》う。

「スイは私に、甘すぎるのよ」

「甘いよ。甘々だ」

そこのところを否定するつもりはないらしい。

でも知っている。スイや他の眷属たちは、私がこの道を選ぶことを、本当は望んでいないって。

「でもね。結局、力を持って生まれたからには、避けられないのではないかしら」

「……真紀ちゃん」

「人はみんな、大なり小なり役割があるのよ。私だけじゃないわ。馨にも、スイや他の眷属たちも、陰陽局《おんみょうきょく》の退魔師にも。叶先生や……あの、来栖未来《くるすみらい》にだって」

地獄に行って、それを改めて痛感した。

力を持って生まれた者たちの責任。——天命。

力とは自分の運命を切り開くためだけではなく、周囲の運命をも左右する。

千年前の私たちの物語が、今もなお多くの者たちに影響を与えているように。

そういう存在に生まれてしまったのならば、逃げられない道というのはある。

「私、今から浅草へ行くわ」

どんな状況でも、逃げられない戦いというのがあるのだ。

「待って、真紀ちゃん。馨君を待たないのかい？」

「待たないわ。先に浅草に行くって、メールでもしといて」

「そんなのでいいの⁉　感動の再会は⁉　電話くらいしないの⁉」

「いいのよ。感動の再会は地獄で済ませたし、新幹線でぐっすり寝ているのなら寝かせてあげたいし。馨もきっと、同じようにするから」

「えええええ」

スイが相変わらず愉快なリアクション芸を見せつけてくるけれど、私は自分の着替えを捜していた。流石《さすが》に病院着じゃあまずいわよね。

その時ちょうど、私たちのいる病室のドアが開いた。

「茨木《いばらき》さん。おかえりなさい」

病室にやってきたのは、青桐《あおぎり》さんとルーだった。

あまりにタイミングが良《い》いので、私が目覚めたことも知っていて、外で私たちの会話を聞いていたのだろうな。

青桐さんはとてもご機嫌だ。眼鏡の奥がニッコニコだ。

「青桐さん、私、随分と陰陽局のお世話になったようね」

「いえいえ。あなたは今後、陰陽局にとって貴重な人材になるでしょうから。こんなところで、死なせるわけにはいきませんよ」

「……はあ～。抜け目ないわねえ」

この腹黒眼鏡のお兄さん、私がこれから何を選択するか、わかっているようだわ。

「何だか全部、青桐さんの思惑通りに進んでいるみたいで癪《しゃく》だけど、まあいいわ。私、今からちょっと浅草に行くから。ミクズなんてチャチャッと倒すから。陰陽局のいい感じの刀でも貸してくれない？」

「少しだけ待ってください、茨木さん。その怪我《けが》では流石にまずいです」

青桐さんはルーに目配せをした。

ルーは持っていた箱を私に差し出し、目の前で蓋《ふた》を開く。

そこには、丸くて小さな、透き通った何かが収まっている。

「何これ、ビー玉？　砂糖菓子？」

「これは宝果と呼ばれる、とても貴重な霊的食物です。陰陽局の伝手《つて》で、とある筋から手に入れました」

「ええっ、宝果!?　それって、例の一族の……」

スイが素《す》っ頓狂《とんきょう》な声を上げ、驚いている。

「おや、水連さんはご存じなのですね。流石は薬師です。これは薬の材料にもなりますからね」

「そりゃあ、俺たちの界隈《かいわい》では幻かつ有名な代物だ。俺もちょっと前に、これを手に入れるためにかなり苦労した」

スイの興奮っぷりを見るに、かなり貴重な代物のようだが私にはピンとこない。

もの凄《すご》い密度の霊力が詰まっているのは、見ただけでわかるんだけど。

「さあ茨木さん。この果実を食べてみてください。普通の人間であれば、諸々《もろもろ》の処理をして食さなければ、あまりの霊力含有量に肉体がついていけず副作用が起きたりしますが、あなたほどの霊力値を持っていれば、生のまま食べても、まず問題ないでしょう」

「ふーん。回復アイテムみたいなもの？」

「まあ、そういうことです。ですがこれは、茨木さんの肉体に魂が戻っていなければ効果がありませんでした。なので、今この時を待っていたのです」

「…………」

色々と思うところはあるけれど、私はその果実を手に取り、高い場所に掲げて見る。

キラキラと水晶みたいに透明で、砂糖菓子みたいな硬さがあるが、丸ごと口に放り込んで噛《か》んでみると、表面はカリッとしているが中はトロリと柔らかく、甘い。

それでいて、強烈な霊力が、身体中に染み渡って行くのを感じる。

「あ……」

肉体の痛みが遠のいた。

それでいて、傷口がじわじわと修復されていくのがわかる。

これはおそらく、自然治癒力を大幅に向上させているのだろう。

「効果を感じ取れますか？」

「ええ、青桐さん。これ凄いわね。陰陽局はこんな凄いものを隠し持っていたの？」

「……ふふ。あなたが陰陽局に入ってくだされば、いずれわかりますよ」

青桐さんが口元に人差し指を添えながら笑う。

私と青桐さんの顔を交互に見ながら、スイが何やら怪訝《けげん》そうにしていた。

「ち、ちょっと待って。え、どうして真紀ちゃんが陰陽局に入ることになっているわけ？

それってどういう」

「スイ」

私はスイに向き直って、腰に手を当てて言う。

「私、来年からは、京都の陰陽学院に行くことになると思うわ」

「え……」

「陰陽局の退魔師を目指すの。浅草を離れるっていうのはそういうことよ。前々から誘われていたんだけど、やっぱり色々と抵抗があってね。でも……」

一度目を伏せ、呼吸を整えて、ゆっくりと告げる。

「私がこの先、多くの人間とあやかしを助けるためには、それが一番、いいと思うから」

以前、津場木茜が言っていた。

陰陽局とは、そのための権利と権限、情報と力を与えてもらえる場所。

私が高い霊力を持つ人間として生まれた以上、選ぶ道はこれ以外にない。

地獄に行って、閻魔大王と約束をして、やっと踏ん切りがついた。決意が固まった。

「で、でもじゃあ、馨君のことはどうするの？」

「……うーん」

このことに関して馨とちゃんと話をしていないから、彼がどの道を選ぶかはわからない。

ただ、馨は上級獄卒として私を保護観察する義務がある。私から離れようとはしないんじゃないかな。

私は馨には、自分の好きな進路を選んで欲しいというのが本心だけれど、彼は私より先に、自分の道を選んだからな……

「……？」

その時だった。妙な揺れを感じた。

東京ではこのくらいの地震は日常茶飯事なのだが、今のは少し、嫌な感じがした。

「早く浅草に行かなくちゃ」

私がこの場で病院服を脱ぎ始めたので、スイが「あわわわわ」と両手を広げ、私を隠そうとする。

ルーが青桐さんを押しながら部屋を出て行く。

私はやはり、特に恥じらいもなく堂々と病院服を脱ぎ捨てていた。

「真紀ちゃん。宝果を食べて傷が治りつつあるからって、無茶したらいけないよ。包帯をキツく巻いておこう。傷が開いたらいけないから」

「ありがとう、スイ。いつもあなたには、心配ばかりかけるわね」

「仕方がないよね。それが俺の性分だから」

スイには裸を見られても何とも思わない。そのくらい、私たちの間には信頼関係があって、私は幾度となく、このようにスイに手当をしてもらっていた。

「あとね、真紀ちゃん。これは言うべきかどうか迷ったんだけど」

「何……？」

「ミクズの一派が、京都陰陽局から酒呑童子《しゅてんどうじ》の首を奪ったらしい。昨日の、真夜中のことだよ」

「…………」

私はしばらく黙っていたが、低い声で「そう」とだけ答えた。

横腹の傷をサポートする形で包帯を胴体に巻きつけ、私はその上から、スイに渡されたいつものセーラー服を纏《まと》う。

「ていうか、何でここにセーラー服があるの？　私、怪我した時、白いワンピース姿だったわよね」

「何でって、真紀ちゃんが目覚めた時に着替えがないと困るでしょ？　やっぱり真紀ちゃんと言えばセーラー服かなーって」

「お前の趣味か」

「いいじゃんいいじゃん！　真紀ちゃんのセーラー服姿が拝めるのもあと少しだし。白いワンピースは汚れて破れちゃったし。あれってリン君の趣味だし！」

ツッコミどころは多々あるけれど、やっぱり私にはこの姿がよく似合うと、自分でも思う。

セーラー服を纏い、赤い髪をなびかせて、浅草の街を駆け抜ける。

うん、私らしい。

病室を出ると、青桐さんとルーがそこで待っていて、私が所望していた刀を差し出した。

「こちら、どうぞお使いください。無名ですが、陰陽局の退魔師が使用する刀です」

「ありがとう。青桐さん」

その刀をしかと受け取る。

鞘《さや》から抜いて、廊下で一振りしてみて感触を確かめる。

うん。悪くなさそうね。

「真紀、私たちも茜と馨が戻ったら、浅草に向かう。くれぐれも気をつけて」

「ええ、ルー。大丈夫よ、そんな顔しないで」

私は心配そうに眉根を寄せるルーの頭を撫《な》でて、そして……

「戻りましょうか、浅草へ」

スイを引き連れて、もう前だけを見つめて、前へと進む。

守りたいもの、取り戻したいものが、そこにはたくさんあるから。

「英雄の、ご帰還ですか」

長い廊下をカツカツと歩んでいると、背中でポツリと、青桐さんが呟《つぶや》いたのを聞いた。

英雄なんて、そんな大層な代物じゃない。

私の名前は、茨木真紀。

大妖怪《ようかい》茨木童子《いばらきどうじ》の生まれ変わりっていうだけの、ただの女子高生。

前世では、夫である酒呑童子を人間に殺されて、恨みや憎しみに蝕《むしば》まれ、大魔縁と呼ばれる悪妖《あくよう》に成り果てた。大魔縁茨木童子は長い年月を戦い抜いて、明治の初期に、浅草で討ち取られ、業火に焼かれて地獄に落ちた。

浅草とは私にとって、終焉《しゅうえん》の地だった。

だけど今では、愛《いと》おしくてたまらない、私たちの居場所だ。

だって浅草は、馨や由理、前世の仲間たちと再び巡り合わせてくれたんだもの。

私たちの絆《きずな》を紡ぎ直してくれたんだもの。

だから私は、あの場所を、あの場所に住む人間たちやあやかしを、必ずこの手で助けてみせる。

さあ、ミクズ。最後の戦いを始めましょう。

あなたもそれを望んでいるのでしょう。

前世から続く因縁を断ち切り、ミクズの暴走を止めるのは、私たちだ。

《裏》茜、もう一人の英雄。

俺の名前は津場木茜《つばきあかね》。

つい昨日の夜、京都の六道珍皇寺《ろくどうちんのうじ》で、天酒馨《あまさけかおる》と叶《かのう》さんを地獄《じごく》に送ったかと思いきや。

馨は今日の午前中には、井戸を這《は》い上がって戻って来た。

しかも馨は前世の愛刀である外道丸《げどうまる》という刀を持っていた。地獄にあったんだとか……

戻ってきた馨に、茨木真紀《いばらきまき》が目覚めたらしいという報告をすると、奴は安堵《あんど》した表情で、そのままバタンと気を失って、眠ってしまったのだった。

実は京都でも色々あって、京都陰陽局《おんみょうきょく》で保管されていた酒呑童子《しゅてんどうじ》の首が、ミクズの一派に奪われたとかで、京都陰陽局は今、大慌てだ。

だが、あちらのことは土御門《つちみかど》カレンさんに任せて、俺たちは新幹線に乗り込み、東京に戻ったのだった。

新幹線の中でも、馨は死んだように寝ていた。

相当疲れたんだろうな。地獄なんて場所に行ったんだから、無理もない。むしろこんなに早く戻ってきたのだから、凄いとしか言いようがない。

馨が目覚めたのは、東京駅に着く直前だった。

俺は奴に、今の状況を説明した。

浅草《あさくさ》で異変が起こっており、こいつらの眷属《けんぞく》や、叶さんの式神たちが対処していること。

ミクズの一派が、京都陰陽局から酒呑童子の首を奪ったこと……

俺たちが東京の陰陽局本部に戻ったのは、結局その日のお昼過ぎのことだった。

茨木真紀と天酒馨の、感動のご対面かと思いきや、あの女、目覚めるや否や浅草に行ってしまったらしい。

腹の傷もお構いなしで、馨が戻ってくるのを待たずして。

やっぱあの女、普通じゃねーなー。遠い目。

「何……っ、真紀が先に浅草へ戻った⁉　大怪我してるくせにあの馬鹿……っ！　青桐《あおぎり》さん、どうして止めてくれなかったんですか！」

「止めても聞かないのが、茨木さんかと」

「ああもうっ！」

馨は自分の嫁（前世）の無鉄砲さに頭を抱えていたが、その後、休む間もなく浅草へと向かおうとしていた。

「おい待てよ馨」

俺はそんな馨の肩を引く。

「止めるな茜。俺は今すぐにでも真紀に会いたいんだ」

「別に止めやしねえよ。俺たち陰陽局の退魔師も後で合流する。連絡するだろうから、スマホの電源入れとけよ」

ただ、馨は渋い顔をしていた。

「……おそらくだが、敵も他の仲間たちも、浅草の地下に築かれた狭間《はざま》にいると思う。そこではスマホの電波も届かねえぞ」

「じゃあお前に、印を付けとく。どこにいるかわかるようにな」

というわけで、霊力で作った五芒星《ごぼうせい》の印を馨の背中にペタッと貼り付ける。

シールみたいだなと、馨がぼやいていた。

「じゃあ行くぞ、俺は」

「ああ、行ってこい。気をつけろよな」

まるで友人同士のような会話を当たり前にしてから、馨は一人、駆け足で本部を出ると、そのまま浅草に向かったようだった。

確かに浅草は今、大変なことになっている。

テレビをつけても、その手のニュースが大々的に取り上げられている。

俺たちに休んでいる暇などないのだろう。

ただ、俺はまだ、浅草へと行くわけにはいかなかった。

予感がするのだ。すぐにでも、大きな戦いがあの場所で始まる……

「茜君、京都陰陽局から、童子切《どうじきり》を使用する許可が出たのですね」

「青桐さん。……ああ。相手はあのSS級大妖怪の玉藻前《ミクズ》だからな。これをあいつに託さねーと」

俺もまた、カレンさん経由で京都陰陽局より預かった刀を携えていた。

それは、鞘に収まったまま封印で固く閉ざされた一本の太刀。

これを持ったまま、俺はあいつに会いに行く。

あいつは今、陰陽局東京本部の、最深部にある拘留場に拘束されている。

話に聞いたところ、昨日からずっと部屋の隅っこで蹲《うずくま》り、飯も食わねえ、水も飲まねえ、話しかけても返事がねえ、ということだった。

「おい」

俺は、鉄格子の隙間から、部屋の隅の陰ったところで膝《ひざ》を抱える、その男に声をかけた。

来栖《くるす》未来《みらい》。

この日本ではすでに死亡したことにされている少年だ。

ただそれだけで、こいつの壮絶な人生が窺《うかが》える。

「おい」

返事がないので、俺はまた声をかけた。

「お前の元お仲間のせいで、今、浅草が大変なことになっているぞ。人々は強い妖気にあてられて、次々に倒れて熱病に浮かされている。ミクズの率いるあやかしたちが、あの街を占領しているからだ」

それでもやはり、返事はない。

来栖未来は、いっそう膝を抱えて、部屋の隅で顔を伏せたままだ。

長い前髪のせいで、その表情すら拝めない。人間を一切信じていない、野良の黒猫のように丸まっている。

「おいてめえ、何か答えたらどうだ。死んだわけでもないくせに！」

俺は乱暴に鉄格子を摑《つか》んだ。ガシャンと、鉄の軋《きし》む音が響く。

その余韻が終わる頃に、来栖未来が小さな声で問いかける。

「僕は、いつ殺されるんだ」

「は？」

「真紀を刺した。僕は死刑だろう」

「……死刑にはならねえ。そもそも、そんな権限は陰陽局にはねえ」

あったとして、こいつを殺すわけにはいかない。

ただ来栖未来は、自分が罰せられるのを、今か今かと待ちわびているかのように見える。

こいつ、生きるつもりのない目をしやがって……

「つーか、お前に罪があるのかも甚《はなは》だ怪しい。茨木真紀だって、横っ腹に穴開けといて、今や超ピンピンしてるっていうし」

「え……？」

「あいつ、刀持ってもう浅草に行っちまったんだぜ。病み上がりのくせにありえねえよなあ、ゼッテー人間やめてる……いや元大妖怪《ようかい》か……」

来栖未来が口を半開きにして、顔を上げていた。

俺は鉄格子越しのこいつの様子を見ながら、その場にドカッと座り込んで、飯の代わりの固形栄養食の袋を破ってもぐもぐ食う。一箱に二袋入ってる例のアレ。チーズ味。

「真紀は……生きているのか？」

「ったりめえだろ。あの女がそう簡単にくたばるかよ」

それでも来栖未来は、弱々しい、情けない顔をしていた。

目の下の隈《くま》は酷《ひど》く、蒼白《そうはく》な表情で、頬はこけている。

茨木真紀が目を覚ましたことは、こいつには知らされてないようだった。

俺は食っていたものをごくんと飲み込んで、小さく息をつく。

「茨木真紀、あいつは命を取り留めた」

そのことを、正しく説明してやるべきだと、俺は思っていた。

だから、嘘偽《うそ》りなく、こいつに話してやる。

「茨木真紀……茨木童子《いばらきどうじ》は、生前、酒呑童子の首を求めて多くの罪を重ねた。お前に斬《き》られて意識不明の重体に陥ったのは、奴の魂が地獄に引きずり込まれたからだ。それはあいつの自業自得でお前が悪いわけじゃない」

「じ、地獄……？」

「ただ、あいつの魂を命がけで連れ戻したのは、天酒馨だ。馨もまた、自ら地獄に落ちて、色んなものと引き換えに、茨木真紀の魂をこの世に連れ戻したんだ」

「………………」

こいつにとって、この事実がどう作用するかわからない。

来栖未来の中にも酒呑童子の魂があって、その魂のせいで、こいつは茨木真紀に惹《ひ》かれていた。天酒馨に対する複雑な感情を、こんな俺でも推し量れないわけではない。

だが、それでもこいつは、現状を乗り越えなければならない。

来栖未来という曖昧《あいまい》な存在を、どこかで線引きして、どっちかに寄せてやって、確定させなければならない。そうじゃないとこいつが壊れる。

そのために俺は、こいつを〝源頼光《みなもとのよりみつ》〟側に振り切ってやる必要があると思っていた。

「来栖未来。馨は選んだぞ。……だったらお前は何を選ぶんだ」

徐々に声が力んでいくのを、自分でも感じている。

冷静さをどこかで失わないようにしながらも、俺は言いたいことを言った。

「ここで閉じこもって一生を終えるつもりか。ミクズの奴に、いいように使われたまま。自分の幸せを見つけられないまま。俺はそんなの、気に入らねえ……っ」

ああ、本当に、気に入らねえよ。

こいつをこんなところに追いやった、色んな奴らが。

「……幸せ？」

来栖未来はボソッと呟《つぶや》いた。

「どうしてお前が、僕の幸せを気にかける。お前、僕が憎くないのか。死んで欲しいと、不幸になって欲しいと願わないのか」

「は？　何でだよ」

「僕は真紀を斬った。殺しかけた。お前は真紀の仲間なんだろう」

来栖未来には、俺の言葉が理解できないらしい。

そりゃそうだろうな。俺もまた、来栖未来の言うことを鼻で笑ってやった。

「生憎《あいにく》だが、俺は茨木真紀にご執心な、お前や他の連中と違って、あの女にこれといった思い入れはねーからな。だが俺は、お前のことは確かに心配してんだよ。それは多分、俺がどうしたって〝人間側〟だからだろう」

だから、大妖怪の生まれ変わりの、あの夫婦とは根本的に考え方が違うのだ。

「来栖未来。言っておくが、源頼光は悪じゃねえ」

「え……」

「源頼光は多くの人間を救った、退魔師の英雄だ。あやかし側の意見ばかり聞いてりゃ、そりゃあ源頼光は悪で、酒呑童子が正義だと思えるかもしれないがな。許さねえぞ、俺の英雄を悪者呼ばわりするのは！」

「…………」

立場が違えば英雄は悪に変わるし、悪は英雄となる。

それこそ、源頼光と酒呑童子が、人とあやかしそれぞれの英雄であり、お互いが倒すべき敵であったように。

だがこの来栖未来という人間は、相反する光と闇の両方を抱え込んでいる。

前世の記憶も、自覚もないまま、ただ前世の呪いをその身に抱え込んで、生まれ持った力を利用されるだけ利用された。好きになった女すら殺しかけた。

正直言って、かわいそうだ。こいつも、あいつらも。

千年前の因縁なんか引きずって、そんなものに振り回されて、どいつもこいつも、盛大にかわいそうなんだよ。

「はっきり言おう。俺は、お前を見捨てることができねえ」

俺は鉄格子の隙間から、来栖未来を睨《にら》むほど見て、はっきりと言ってやる。

だって俺は、来栖未来が茨木真紀を刺して捕まった時、思ったんだ。

ああ、こいつ、もう生きる気のねえ顔をしてやがる……って。

「てめえ〝未来〟とか言うカッケー名前のくせして、ちっとも未来を見てねえじゃねえか。もうこの先、人生に何の希望もないような顔をしてやがって。このまま飲まず食わずで、舌でも噛《か》んで死んじまう気か。それがあの女への償いになるとでも？」

そして俺は、鉄格子越しの来栖未来に向かって、食いかけの固形栄養食の箱を投げ込んでやる。半分残ってるからな。

「いいか。俺は小さい時から源頼光に憧れていた。俺だけじゃねえ。陰陽局の退魔師はみーんな、源頼光に憧れている。あ、いやまあ、安倍晴明《あべのせいめい》の次……くらいか？」

「…………」

「まあ、そんなこと言われても、お前は前世の記憶がないらしいから、実感なんてないだろうがな。だが実際に、お前には規格外の退魔の力がある。さらには、生まれた時からあやかしたちに呪われている。そのせいで、お前がどんな目に遭ってきたか……想像くらいはできる。俺もそうだ。俺もあやかしに呪われていて、割としんどい」

「……お前も？」

「ああ、そうだ。一族に色々やらかした大層迷惑な奴がいてよお。俺はとばっちりってやつさ。だから俺は、ずっとあやかしが嫌いだった」

だから俺だけが、こいつの気持ちをわかってやれる。事情を察してやれる。

今までどれだけ大変だったか、多分一番、近い想像をしてやれる。

来栖未来は長い前髪の隙間から俺を覗《のぞ》き、大人しく話を聞いていた。

「こんな仕事をしていれば、あやかし絡みの呪いは珍しいことじゃないし、呪いとの付き合い方っていうのもある程度わかってくる。俺や陰陽局なら、それを教えてやれる。お前がこれから、お前自身の力で生きていけるように、サポートしてやれる」

「さっきから、何が言いたいんだ……お前」

来栖未来の口調が、どこか疑念じみたものに変わった。

俺の話が胡散臭《うさんくさ》いとでも言うのだろうか。

だから俺は、ゴホンと咳払《せきばら》いをして、

「来栖未来。お前、来年俺と一緒に、京都へ行くぞ」

単刀直入に、具体的な提案をしてみた。

提案というか、これはもう俺の中での決定事項なわけだが。

「……は？」

来栖未来は、当然こういう反応になる。

「だから、京都の陰陽学校に通うんだよ。そしてお前は日本一の退魔師になるんだ。あ、いや俺が日本一になる予定だからお前は日本二、か……」

「…………」

来栖未来は当然、こいつ何言ってんだ、みたいな目になる。

「そうすりゃ、必然的に多くの人間を救うことになる。あやかし絡みの事件をバンバン解決して、人の生活を脅かす怪異なんかをバリバリ解き明かす。お前がいたような狩人《かりゅうど》の組織だって、まだこの世にわんさとある。お前が陰陽局に居れば、そういうのに利用されている〝見える〟子どもを助けることだってできるんだぞ」

来栖未来の、疑念に満ちた表情が、少しだけ違うものに変わった。

具体的な未来を示したからか、奴の瞳に僅《わず》かな光が灯《とも》っている気がする。

そう。こいつに必要なのは、具体的な、未来の自分の姿なのだ。

だが、

「……無理だよ。僕が退魔師なんて」

来栖未来は、頑《かたく》なに心を閉ざし続けた。

陰った場所で膝《ひざ》を抱えて、そこにしか自分の聖域がなく、外に出るのはもう嫌だとでも言うように。

「今更僕が、いいことをしたって無駄だ。何一つ許されない。誰にも……僕は誰にも望まれていない」

「そんなことはない！」

俺もまた、俺の言葉を否定するこいつを否定する。

「いいか、退魔師は今、人材不足でヒーヒー言ってんだよ。お前みたいな力のある奴が居てくれたらって……っ、そう思える局面がいくつもある。これからだって、お前みたいなのがいたら救える命があるだろうし、今現在戦っている退魔師の負担だって減る」

「…………」

「少なくとも！　俺はお前が退魔師になるのを望んでいる！　お前のためだけじゃなく、俺のためにも！」

酷い言い草だと思ったが、こいつには「お前のため」なんて言葉は、あまり通用しない気がしていた。

だから俺は、自分や他の退魔師、赤の他人のために、来栖未来の力が必要だと唱えた。

「だけど、やっぱり無理だ。僕にそんな……日向《ひなた》なんかで生きていけるわけない。向いてない。できるわけない。怖い」

それでもやはり、ごにょごにょ、うじうじ、自分から泥沼のような闇に引きこもる。

こいつは自分を許したくない。

さらには、ここから出て、これ以上辛《つら》い目に遭うのが嫌なんだ。

臆病で、繊細だ。そんな奴が狩人なんてやらされていた。

流石《さすが》の俺も、こいつがなかなか立ち上がってくれないのでイライラしつつあったが、

「だから！　何か困ったことがあれば、俺が助けてやるって言ったんだ！」

ガシャンと、鉄格子を勢いよく摑《つか》んで、大声で訴えた。

「いいか。この先もずっと見捨てないでいてやる。俺がお前の面倒みてやる。要するに、俺はお前の友だちになってやる！」

「……友……だち……？」

「そう、友だちだ」

まさか俺が、こんな恥ずかしい言葉を吐くとはな。

「だからお前も、こんなところで何もかもを諦めるな。お前には、壊すだけじゃなく守る力だってあるんだぞ！」

だけど俺は必死だったんだ。来栖未来も、口を半開きにして固まっていた。

地蔵に向かって一方的に喚《わめ》いている気分になってくるが、構うもんか。

「本来退魔師っていうのは、あやかしより圧倒的に弱い人間たちを守るための存在だ。今となっちゃ、あやかしも人間もねえけどな。悪い奴を成敗して、いい奴を守る力って言った方が正しい。人とあやかしの秩序を守る。それが俺たちの仕事だ。そして今、目の前にある脅威は、あのミクズだ」

そうして俺は、鉄格子から数歩下がって、来栖未来に向かってある刀を差し向けた。

「そもそもあいつが、千年前から続くお前たちの因縁の、全ての元凶なんだろう。だったらお前は、この童子切でミクズと戦え。そしてお前の人生をめちゃくちゃにした奴ら、どいつもこいつも全員まとめて、見返してやれよ！」

——童子切。この日本で最も有名なあやかし殺しの宝刀。

来栖未来はその刀を食い入るように見て、ゆっくりと立ち上がった。

そして静かに、涙を流す。

それはまるで、魂が引き合い、離れ離れになっていた兄弟と再会した瞬間のよう。

しかしそれ自体が、とても恐ろしく憎らしいことだとでも、言うように。

史実通りなら、源頼光がこの刀を使って酒呑童子の首を斬った。

源頼光の魂を持つ来栖未来ならば扱うことが可能であり、大妖怪《ようかい》すら斬ることのできる刀だと言うことだ。

この刀に対する複雑な感情は理解できる。

しかし、それでもこいつは、この刀ごと前世を乗り越えなければならない。

「こっちに来い。来栖未来」

「…………」

「そして俺と、俺たちと一緒に戦ってくれ。頼む……っ」

どうしてか俺も泣けてきた。

こんなに熱くなるつもりはなかった。

だけど、どうせなら立ち上がったこいつが、あいつらと一緒に戦って新しい未来を切り開くところを、俺は見たい。
そしたらきっと、何かが変わる。
人とあやかしの未来に、きっと、光が差すだろう。

あとがき

お世話になっております。友麻碧《ゆうまみどり》です。

まずは、浅草鬼嫁日記九巻の発売が予定より大幅に遅くなりましたこと、本当に申しわけありませんでした。

コロナ禍《か》によりなかなか取材に行けなかったり、それに伴い序盤のプロットを書き換えたりと、大きく予定が乱れてしまいまして、友麻の他のシリーズの刊行予定との兼ね合いもあり、ここまで遅くなってしまいました。大変お待たせいたしました。真紀《まき》ちゃんを一年以上地獄《じごく》に突き落としたままにしてしまいました……

さて。この巻は馨《かおる》君が真紀ちゃんを迎えに行くために、地獄の世界に落ちて行きます。

前の巻では海外の吸血鬼と戦っていたのに、今度は地獄。本当に慌ただしいお話だなと書きながら思いましたが、共通するのはどちらも鬼の話だということでしょうか。

地獄にも鬼がわんさとおります。獄卒というお仕事をしている鬼です。

地獄について調べるのはなかなかしんどいことでした。かなり痛々しく惨《むご》たらしいことがどの本を読んでいてもサラッと書いてあるからですね。馨君も言っておりましたが、モザイク処理必須です。悪いことはしちゃいけないなと思いました……

とはいえ、地獄の仕組みは非常に興味深いものでした。

この作品を書く少し前に、作中にも出てくる京都の六道珍皇寺《ろくどうちんのうじ》さんに調査しに行ったのですが、ちょうど閻魔大王《えんまだいおう》像や冥土通《めいどがよ》いの井戸《いど》が公開中、地獄絵なども展示中でして、お寺では六道珍皇寺と小野篁《おののたかむら》、地獄についての詳しいお話も聞くことができました。感染状況が落ち着いた後、京都に行きたいと思っている方、地獄に興味のある方は、ぜひ訪れて欲しいお寺ですね。


続きまして宣伝コーナーです。

同月にコミカライズ版浅草鬼嫁日記6巻が発売されております。ちょうど原作3巻の後半に当たる部分で、前世の過去回想と、この作品の最大の敵ミクズと初めて対峙《たいじ》するお話になります。浅草鬼嫁日記で最も反響のあったエピソード部分かと思います。

表紙も本当に素敵ですし、藤丸《ふじまる》先生の画力と熱量をひしひしと感じる漫画版、ぜひゲットしてみてください！　今月から、原作四巻に相当する新章も連載開始いたしましたので、こちらもぜひチェックしてみてください。

担当の編集様方。

今回もスケジュール面で多くご迷惑をおかけし、大変お世話になりました。九巻も無事に発売することができたのは編集様方のご尽力のおかげです！

引き続きどうぞよろしくお願いいたします。

イラストレーターのあやとき様。

今回の表紙は今までと違って、黒のバックに彼岸花、そして大魔縁茨木童子がドーンと描かれている、とてつもなくかっこいいイラストで非常に衝撃を受けました。

インパクトのある美しいイラストを本当にありがとうございました!!

今後ともどうぞよろしくお願いいたします。

そして、読者の皆様。

さあ。次はいよいよ最終決戦の幕開けです。

おそらく次のエピソードが本編の完結巻になるかと思います。一冊に収まるか二冊となるか、それはまだ書いてみないとわからないのではありますが、浅草鬼嫁日記というシリーズの総決算になることは違いありません。

あやかし夫婦は今世こそ幸せになりたい。

愛がなければ、お前たちを幸せにしたいなんて思わない。

第一巻の懐かしいサブタイトルと、今巻にて叶《かのう》先生の発したこの言葉が、浅草鬼嫁日記というシリーズの全てです。

私自身、この言葉をしかと胸に抱きつつ、最後のお話に挑みたいと思います。

ぜひ最後まで〝彼ら〟の数奇な運命を見守っていただき、光り輝く未来を信じていただけたらと思っております。

それでは。

次の巻でも、皆様にお会いできるのを楽しみにしております。

友麻碧

富士見L文庫

浅草《あさくさ》鬼嫁《おによめ》日記《にっき》　九
あやかし夫婦《ふうふ》は地獄《じごく》の果《は》てで君《きみ》を待《ま》つ。

友麻《ゆうま》 碧《みどり》

2021年7月15日　初版発行

発行者　青柳昌行
発　行　株式会社 KADOKAWA
〒102-8177　東京都千代田区富士見2-13-3
電話　0570-002-301（ナビダイヤル）

印刷所　株式会社暁印刷
製本所　本間製本株式会社
装丁者　西村弘美

ISBN 978-4-04-073661-7 C0193